굿모닝 셰익스피어

굿모닝 셰익스피어

한광석 지음

초판 1쇄 인쇄 2007년 9월 25일   초판 1쇄 발행 2007년 9월 30일
펴낸이 | 고찬규   펴낸곳 | 도서출판 해토   편집 | 지태진, 방재원
등록번호 | 제10-2631호 등록일자 | 2003년 4월 16일
경기도 고양시 일산동구 백석동 1324번지 동문굿모닝타워 2차 807호
전화 | 031)812-7165   팩스 | 031)812-7166   이메일 goodhaeto@empal.com

ISBN 978-89-90978-62-2 03840

유쾌하고 자유로운 세상과의 소통

굿모닝 셰익스피어

한광석 지음

해토

서문

셰익스피어와 함께하는 세상

  극작가 손톤 와일더Thornton Wilder의 작품 중에는 1910년 당시 미국 동북부의 그로버즈 코너즈라는 아주 자그마한 마을의 일상사를 다룬 유명한 희곡 『우리 읍내』가 있습니다. 이 희곡에는 천 년 뒤 후손들에게 이 마을 사람들의 생활을 보여줄 수 있도록, 기록과 자료를 담은 타임캡슐을 묻어 놓는 장면이 나옵니다. 특별히 이 장면은 우리에게 매우 흥미로운 관심을 끌어내는데 그들이 무엇보다도 중요하게 여기며 캡슐에 담는 것이 다름 아닌 『성서』와 셰익스피어, 그리고 미합중국 헌법이라는 점이지요. 이는 서구인에게 『성서』는 그들 문명과 삶의 표면적이고 도덕적인 예禮의 세계를, 그리고 셰익스피어는 심층적이고 심미적인 락樂의 세계를 구축해왔으며 그들의 헌법은 성서적인 "예"와 셰익스피어적인 "락"의 세계를 조화시킴으로써 건강한 문화를 지향함을 나타냅니다.

서구인에게 셰익스피어는 위대한 시인이요 극작가를 넘어 모든 문화 활동에 있어서 창조적인 영감의 원천이 되어왔습니다. 셰익스피어 등장 이후 장르에 관계없이 작가치고 셰익스피어를 읽지 아니한 사람이 거의 없고 과학 역시 그 궁극은 직관적인 영감이라 수많은 과학자들이 그의 작품을 읽고 영감을 얻어 왔습니다. 그들의 연구 결과물인 저서의 서문에 셰익스피어의 문구 한두 마디를 적어 놓는 것이 상례로 되어 있을 만큼 서구문화의 배면엔 셰익스피어라는 마르지 않는 암반수가 흐르고 있지요. 즉, 셰익스피어는 서구문화의 심층적이고 창조적인 카오스를 나타내는 디오니수스의 현대적인 이름이요 상징입니다.

이제 이 거대한 지구가 동서의 구분이 없이 하나의 작은 지구촌 마을이 되어 버렸고 이 마을의 문화가 아폴로적인 이성적 질서가 아닌 디오니수스적인 심미적 질서 위에 새로이 구축되고 있는 만큼 우리가 그 문화를 선도하는 주역이 되거나 주역을 길러내기 위해선 셰익스피어를 일상화하고 대중화할 필요가 있습니다. 세상에서 인간이 가장 혐오스러워하는 동물 중의 하나인 쥐를 세상에서 가장 아름다운 미키 마우스로 변모시킨 월트 디즈니처럼 가장 추한 것을 가장 아름다운 것으로 바라볼 수 있는 심미적인 천재들이어야만 앞으로의 문명을 주도해갈 자격을 얻을 수 있습니다. 셰익스피어를 읽으면 우리는 아름다움과 추함의 동일성을 통관할 수 있고 추함이나 악도 아름다움과 선만큼이나 긍정적인 가치요, 그러기에 악조차도 제거와 파괴의 대상이 아니라 용서와 포용의 대상일 뿐임을 깨닫게 됩니다.

저는 21세기는 셰익스피어와 함께하는 세상이 될 것이라고 예견합니다. 그것은 제가 셰익스피어 학자여서가 아니라 동서의 세계관이 공존하는 그의 작품을 서구는 물론이고 세계의 어느 곳에서고 읽고 배우지 아니하는 곳이 없고, 매년 여름 셰익스피어 페스티발을 아니 여는 곳이 없을 정도로 각 나라에서 많은 문화적인 관심을 보이고 있기 때문입니다. "인도는 내어주어도 셰익스피어는 내어줄 수 없다"는 영국의 카알라일의 언사가 제시하듯이 셰익스피어의 세계관에는 인도문명이 구가

하고 과시하는 삶의 본질과 근원적인 가치가 담겨 있습니다. 그러기에 동서의 융합을 통해 글로벌 빌리지의 새로운 문화를 창출해야 하는 오늘날 각 나라는 앞다투어 셰익스피어를 대중화하고 셰익스피어의 세계를 그들의 건강한 문화컨텐츠에 담아 자신들의 것으로 만드는 작업을 서두르고 있습니다. 지난해 프랑스가 『로미오와 줄리엣』을 뮤지컬로 만들어 전 세계의 이목을 집중시키며 각국을 순회하였고 우리나라에까지 초청되어 장기 공연을 한 것도 셰익스피어를 낳은 영국이 아닌 다른 나라가 셰익스피어를 성공적으로 자기것화한 좋은 실례라 할 수 있습니다. 통계에 의하면 이웃 나라 일본은 셰익스피어의 본 고장인 영국보다 연중 셰익스피어 공연 횟수가 더 많고 셰익스피어와 관련한 다양한 문화상품 역시 질적인 수준과 인기가 영국보다 훨씬 높다고 합니다.

3년 전 유쾌하고 자유로운 세상을 희구한 셰익스피어를 대중화하기 위해 "셰익스피어와 함께하는 세상www.shakespeare.co.kr"을 설립했습니다. 그 주요 사업 가운데 하나가 일상인들의 삶에 건강한 활력소가 되어 줄 셰익스피어의 문구를 "셰익스피어의 굿모닝Shakespeare's Good Morning"에 담아 매일 아침 이메일로 보내드리는 것입니다.

선학들의 노력으로 셰익스피어 작품은 모두 한글로 잘 번역되어 있지만 현대인들에게 더구나 문화적인 배경이 다른 우리나라 사람들에게 셰익스피어 작품은 공연이나 영화를 통한 몇몇 작품 외에는 쉽게 접근하거나 재미를 붙이기가 그리 만만치 않습니다. 이런 이유로 고심 끝에 일단 일상인들에게 하루를 시원하게 열어 줄 셰익스피어의 밝고 건강한 문구를 매일 아침 받아보게 하여 셰익스피어와 함께 기분 좋은 하루를 시작케 함으로써 친숙케 하고 이러한 좋은 문구를 계기로 그의 작품으로 편하게 접근하도록 돕는 것이 필요하다고 판단한 것이지요. 그래서 지금껏 3년간 셰익스피어의 문구를 손수 선별하고 번역하여 원문과 함께 보내드렸고 앞으로도 계속할 것입니다. "셰익스피어의 굿모닝"은 "셰익스피어와 함께하는 세상"을 방문하여 "셰익스피어와 함께하는 세상 가족되기"란에 이메일과 이름을 등록하면 누구든지 받아보실 수 있습니다.

이 책은 그동안 "셰익스피어의 굿모닝"으로 보내드린 문구를 책 한 권의 분량에 맞게 선별하여 모은 것입니다. 각 문구들은 어떤 맥락에서 그러한 글과 말이 이루어졌는지에 대한 배경지식이 없어도 나름대로 좋은 소감과 깨달음 을 얻을 수 있는 것들입니다. 또 읽는 분들의 나름대로의 느낌과 생각은 그 자체가 소중한 것이라고 여깁니다. 그러나 "셰익스피어의 굿모닝"을 받아보신 많은 분들이 나름대로의 느낌도 좋지만 그 글이 나오는 작품에서 글의 전후 맥락을 소개해 주면 좀 더 폭넓게 이해할 수 있고 셰익스피어에 가까이 다가갈 수 있으니 간략한 해설을 붙여 달라는 요청이 있었습니다. 이런 이유로 『굿모닝 셰익스피어』에 담은 셰익스피어의 각 문구에는 간단한 해설을 붙여 놓았습니다. 대신 가능한 저의 생각은 배제하고 글의 전후 맥락을 소개하는 데 주력하였습니다. 독자들과 셰익스피어에 나타나는 넘치는 생명력, 유쾌한 유머, 현재를 사는 즐거움, 사랑의 마력적인 힘, 섬광처럼 발하는 통찰과 예지, 삶에 대한 고요한 관조 등을 함께 나눌 수 있음을 기쁘게 생각하며 모든 분야의 일상생활에 많은 기쁨과 활력소가 되어 우리 문화가 보다 멋있고 건강해지길 소망합니다.

이 자리를 빌어 바쁜 출판 일정을 뒤로 미루고 책이 서둘러 세상의 빛을 볼 수 있도록 최대한의 배려를 아끼지 않은 출판사 해토의 고찬규 사장님께 고마움을 전합니다. 아울러 이 책의 취지에 맞게 책을 편집하고 디자인하기 위해 많은 대화의 시간과 공을 들여 준 홍민정 님께 감사드립니다. 끝으로 "셰익스피어와 함께하는 세상"을 설립할 때부터 지금껏 지켜보며 도와주시는 분들과 "셰익스피어의 굿모닝"을 반갑게 애독해 주시는 모든 분들께 감사드립니다.

2007. 6. 15
한 광 석

*Good Morning
Shakespeare*

차례

|서문| 셰익스피어와 함께하는 세상 4

1. 나의 왕관

진정한 희망 16   당신이 하시는 일 19   우리는 신사인지라 21   자비 24
자연의 지혜 27   깨끗한 보물 31   용감한 정신 34   진실은 36
나의 왕관 39   현재를 즐겁게 43   성스러운 유희 46   아름다움은 50
위대한 걸작품 53   고요한 양심 55   나 햄릿은 말이네 59   후한 선심 62

2. 사랑의 날개

사랑의 힘 68   내 사랑은 71   사랑의 날개 75   진정한 사랑 78
여인의 눈 81   사랑이 주는 밝은 시력 84   한 여인의 친절 87
나의 사랑만은 92   햄릿의 사랑 95   이 세상 전부 99   사랑을 하는 사람은 102
그대의 고운 사랑 105   사랑 때문에 108   사랑이 깊어지면 112
남자들에겐 115   오, 사랑이란 118

3. 장미에는 가시가

겉모습과 실제 126   진실 129   장미에는 가시가 131
사랑의 마력에 사로잡힐 때 134   사랑에 빠지면 138   4월과 12월 141
절도 있는 사랑 144   그녀를 믿노라 147   이 넓은 세계라는 무대 150

좋고 나쁨이란 152   지나치면 156   세속의 영광 159   좋음에서 나쁨이 162
승복만 입었다고 165   귀한 보석 168   일년 내내 노는 날이라면 171

4. 똑똑한 바보

축복 받은 사람 176   현명한 사람에게는 180   시간의 걸음걸이 183
처세 186   '만약에'의 힘 188   세상은 하나의 무대 192   똑똑한 바보 196
있는 '척' 시늉하기 200   천성을 바꾸어 놓는 힘 204   생각과 행동 207
친구 209   싸우게 되면 211   시비 판단 213   의복 216   돈이란 219
무엇보다도 221

5. 인생은 걸어가는 그림자

섭리 226   의지와 운명 230   천지간에는 232   시간의 영광 235
마음에 없는 말 238   인생은 걸어가는 그림자 240   악으로 시작된 일은 244
마찬가지 247   우는 이유 250   그대의 타고난 재능은 253   출세와 몰락 256
얻으려고 애쓰면서 259   이익을 쫓아 일하는 사람 262   오늘은 265
좋은 어울림 267   말을 한다는 것 269

Good Morning Shakespeare

1

나의 왕관

나의 왕관은 마음속에 있지 머리 위에 있지 않다네.
그 왕관은 다이아몬드나 인도의 보석으로 장식된 것이 아니요,
눈에 보이지도 않지. 나의 왕관은 '만족'이라 호칭된다네.
그것은 왕들이 좀처럼 갖지 못하는 왕관일세.

진정한 희망

True hope is swift and flies with swallow's wings;
Kings it makes gods, and meaner creatures kings.

Richard III 5.2.23-24

진정한 희망은 제비 날개를 타고 빠르게 날아오르는 법이라오.
희망은 왕을 신으로 만들고 왕이 아닌 자를 왕으로 만든다오.

「리처드 3세」 5막 2장 23-24행

셰익스피어의 사극에 등장하는 왕 중에서 가장 악랄한 폭
군을 들라면 예외 없이 리처드 3세를 꼽습니다. 그는 꼽추인데다가 절
름발이에 흉측하게 생긴 인물로 병들어 쇠약한 왕이자 큰형인 에드워
드 4세가 죽으면 권좌에 오르기 위해 바로 위의 형을 모함해 죽입니다.
또한 장차 왕위를 계승할 왕자인 어린 조카 둘을 유폐시키고 걸림돌이
되는 정적들을 잔인하게 제거하지요. 리처드 3세는 치밀한 권모술수로
왕위에 오르기는 하나 등극하자 마자 조카인 어린 왕자들을 죽이는 것
을 비롯해 권력 유지를 위해 폭정을 일삼습니다. 결국 장차 헨리 7세가
되는 리치먼드가 이끄는 저항 세력에 의해 보스워스 전투에서 전사합
니다. "진정한 희망"은 리처드 3세를 물리치고 국가의 영원한 평화를
거두어들이기 위해 리치먼드가 자신과 함께 보스워스 평원으로 진군하
는 휘하 장병들을 격려하며 해주는 말입니다.

　　그리스 신화에 따르면 판도라가 상자를 열었을 때 그 속에 갇혀 있던

이 세상의 모든 악과 재앙이 빠져나오게 되었고 그녀가 놀라 뚜껑을 닫았을 때에는 희망 하나만이 남아 있었다고 합니다. 우리가 이 땅의 모든 재앙을 견디어내야 하는 도구가 단지 희망 하나뿐이라면 인간으로서 겪어야 하는 모든 고통과 아픔을 극복해 가기에는 희망이라는 도구는 너무 허약하다는 생각이 들 때가 많습니다.

그러나 셰익스피어는 리치먼드의 입을 통해 희망을 인간이 보다 높이 비상할 수 있도록 한 차원 높은 도구로 만들어 줍니다. 즉, 진실되고 정당한 희망은 왕을 전능하고 자비로운 신으로 만들어 주고 인간 스스로를 반듯한 긍지의 상징인 군왕으로 만들어 준다는 것이지요. 올바른 희망을 통해 우리 모두 스스로 왕이 되는 삶을 그려봅니다. 참고로 셰익스피어는 희극은 물론 사극과 비극에서조차 그 결말을 항상 새로운 희망과 질서의 회복 혹은 그러한 가능성을 비추어 주며 막을 내립니다.

당신이 하시는 일

Each your doing,
So singular in each particular,
Crowns what you are doing in the present deeds,
That all your acts are queens.

The Winter's Tale 4.4.140-146

당신이 하시는 일은 그 무엇이든 독특해서
현재 하는 행위에 왕관을 씌우니
당신의 모든 행위는 그 자체로 여왕들이 됩니다.

「겨울 이야기」 4막 4장 140-146행

셰익스피어의 『겨울 이야기』에 보면 보헤미아 왕국의 한 양치기 시골 마을에 양털 깎는 축제가 열리는 장면이 나옵니다. 이 축제에서 마치 꽃의 여신 플로라처럼 머리에 화환을 쓰고 꽃으로 장식한 옷을 입은 시골 아가씨 퍼디타가 축제에 참가한 사람들에게 연령에 따라 그에 어울리는 꽃을 선사합니다. "당신이 하시는 일"은 이러한 퍼디타의 아름다운 모습과 행동을 보면서 그녀를 사랑하는 그 나라의 왕자 플로리젤이 그녀에게 건네는 찬탄입니다.

　　퍼디타는 시간의 흐름과 조화를 이루며 현재 하는 일을 마치 꽃이 피어나는 순간처럼 아름답게 이루어 갑니다. 다시 말해, 그녀는 지금 이 순간을 너무도 완벽히 발현시키기에 아름다운 꽃이 피어오르는 순간처럼 그녀의 행동은 그 자체에 어울리는 왕관을 쓴 여왕이 되어 영원을 순간에 담아냅니다.

우리는 신사인지라

We are gentlemen

Have neither in our hearts nor outward eyes

Envied the great, nor shall the low despise.

Pericles 2.3.24–26

우리는 신사인지라 마음속으로나 겉으로

우세한 자를 시기하지도 않거니와

열등한 자를 멸시하지도 않습니다.

『페리클리즈』 2막 3장 24–26행

셰익스피어는 비극과 희극이 결합된 희비극tragicomedy의 구조를 지니는 로맨스 극Romance 4편(『페리클리즈』, 『심벨린』, 『겨울이야기』, 『폭풍』)을 썼습니다. 비극으로 시작하여 해피엔딩으로 끝나는 이 극들은 셰익스피어의 작품 37편 가운데에서 우리 동양인의 정서에 가장 잘 어필하는 작품들입니다.

　　그중 첫 작품인 『페리클리즈』에 보면 타이어의 영주 페리클리즈가 항해 중 난파를 당해 팬터펄리즈의 해변에 이릅니다. 이때 어부들의 도움으로 건져 올린 갑옷을 입고 마침 팬터펄리즈 궁궐에서 열리는 무예 시합장에 나가게 되지요. 이 시합에서 페리클리즈는 승리를 하고 연회에서 주빈의 대접을 받으며 팬터펄리즈 왕의 사위가 되는 영광을 누리게 됩니다. "우리는 신사인지라"는 무예 시합의 승리자가 되긴 했으나 연회의 주빈 자리를 사양하는 페리클리즈에게 시합에 참가했던 그 나라의 한 기사가 사양하지 말라며 건네는 말입니다. 그 기사는 신사가 갖추어야 할 덕목을 잘 제시하고 있는데 열등한 자를 멸시하지 않아야 하며, 또한 그보다 더 어려운 것으로 우세한 자를 시기하지 않아야 한다는 것입니다. 우리가 그의 말에서 놓치지 말아야 할 가장 중요한 점은 멸시를 아니 하고 시기를 아니 해야 함을 넘어 그러한 행위가 겉으로 뿐만 아니라 마음에서 진심으로 행해져야 진정한 신사라는 점입니다.

자비

[Mercy] is twice blest;
It blesseth him that gives, and him that takes.
'Tis mightiest in the mightiest; it becomes
The throned monarch better than his crown.

The Merchant of Venice 4.1.182–185

자비는 이중의 축복을 받는다오.
자비를 주는 자를 축복하며, 자비를 받는 자를 축복합니다.
자비야말로 최고의 권력자가 지니는 가장 강력한 힘이요,
제왕을 제왕답게 하는 것은 그의 왕관이라기보다는
바로 이 자비심이라오.

「베니스 상인」 4막 1장 182–185행

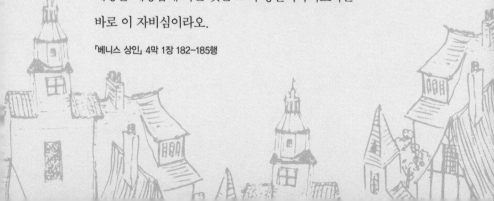

『베니스 상인』 하면 법정에서 여주인공 포오샤가 앤토니오의 목숨을 구하는 명장면이 떠오릅니다. 앤토니오가 빌린 돈을 약속 기간 내에 갚지 못할 경우 심장 언저리의 살 한 파운드를 내놓기로 한 계약에 따라 살을 베어 유대인 샤일록에게 주어야 하는 절대 절명의 순간, 젊은 법학박사로 변장한 포오샤가 나타나 계약서에는 살 한 파운드를 준다고 되어 있지 피를 흘려도 좋다는 것은 없으니 한 방울의 피도 흘려서는 아니 된다는 명판결을 내려줌으로써 재판을 역전시키지요. 이 명판결과 함께 베니스의 법에 따라 샤일록이 지금까지 고리대금업으로 평생 모은 전재산은 몰수되어 반은 피고인 앤토니오에게 나머지 반은 국고로 귀속됩니다.

　물론 포오샤는 법정에 들어서자마자 이러한 판결을 내리는 것이 아니라 먼저 유대인 샤일록에게 자비를 베풀도록 요청합니다. "자비"는 그녀가 샤일록에게 자비를 베풀도록 설득하는 대사의 일부입니다. 그녀는 말합니다. 자비는 하느님의 속성으로 자비를 가지고 정의를 부드럽게 할 때 지상의 권력은 신의 권력에 가장 가까운 것이라고. 포오샤는 샤일록에게 뿐만 아니라 우리 모두에게 우리를 제왕으로 만들어 주는 너그러움을 베풀면서 하느님이 행사하는 권력의 기쁨을 누려 볼 것을 권하고 있습니다.

자연의 지혜

And strange it is

That nature must compel us to lament

Our most persisted deeds.

Antony and Cleopatra 5.1.28−30

자연은 기묘하게도

우리의 매우 고집스러운 행위에 대해선

반드시 후회하게 만들어 버립니다.

『앤토니와 클레오파트라』 5막 1장 28−30행

When I find myself in times of trouble,

Mother Mary comes to me, speaking words of wisdom, "Let it be."

And in my hour of darkness she is standing right in front of me,

speaking words of wisdom, "Let it be."

내가 어려움에 처했을 때

성모 마리아Mother Mary가 내게 살며시 다가와

들려주시는 지혜의 말씀 "순리에 맡겨라."

내가 어둠에 갇혀 있을 때

그녀가 내 앞에 조용히 다가서서

들려주시는 지혜의 말씀 "순리에 맡겨라."

이는 언제 들어도 우리의 가슴에 감동을 안겨 주는 비틀즈의 "레잇 비"의 첫 구절입니다. 이 노래가 감동적인 것은 어려움과 어두움을 억지로 풀어 보려 말고 어려우면 어려운 대로 어두우면 어두운 대로 그냥 그러한 대로 놔두어 보라는 말씀이 살아 볼수록 그만큼 강렬히게 삶의 깊은 지혜로 다가오기 때문일 것입니다.

사실 비틀즈의 폭발적인 인기곡이 된 "레잇비"는 우리 동양의 노장 철학의 영향을 크게 받은 것이기도 하지만, 그들 서구문화의 심층에 흘러오고 있던 사유의 대중적인 표출로서 거슬러 올라가 보면 16세기 셰익스피어가 그의 전 작품의 바탕에 깔아 놓고 지속적으로 극화하여 보여준 생각입니다. 그는 "렛비Let be"라는 문구를 희극, 비극의 공히 대단원의 해결을 내려야 할 무렵이면 매우 인상적으로 탁월하게 사용합니다. 그는 "신성한 자연divine Nature"의 "스스로 그러함let be"에 대한 강한 신뢰가 있었고 그러기에 자연에 거슬러 뭘 인위적으로 억지로 하려는 것은 그에 반하는 것이며 반드시 자연의 응징을 맞게 됨을 무대를 통해 보여주고자 하였습니다.

이러한 교훈은 『앤토니와 클레오파트라』에도 예외 없이 잘 극화되어 있습니다. 이 극의 후반부에 앤토니는 클레오파트라와 함께 옥테이비어스 시저에게 대항하는 최후의 일전에서 패배한 뒤 자살하고 이 소식을 앤토니의 부하였던 더세터스가 시저에게 알려줍니다. "자연의 지혜"는 앤토니가 지도자로서 보기 드문 인물이었음을 인정하고 있던 아그리퍼가 시저의 다른 참모들과 함께 앤토니가 죽었다는 소식에 슬퍼하며 하는 말입니다. 아그리퍼의 주군인 시저는 천하의 제왕이 되기 위해 자신의 일당들과 집요하게 오랫동안 앤토니를 제거하고자 노력합니다. 그러나 한 인간이 천하의 주인이 되겠다고 자신보다 훨씬 나은 인물을 제거하고 필요에 따라 전쟁을 일으키는 행위는 자연의 질서에 위배되며 자연은 그러한 인위적인 행위의 결과에 대해선 반드시 후회하게 만드는 법이지요. 앤토니의 죽음을 그렇게 갈구해 왔던 시저는 막상 앤토니가 죽었다는 소식에 아연하며 다음과 같이 통탄합니다.

나는 심장의 피만큼이나 귀중한 눈물을 흘리면서 지금 비탄에 젖고 있습니다. 나의 형제인 당신, 모든 고귀한 계획에 있어 쌍벽이요, 제국에 있어 동료요, 전장에 있어 벗이요, 반려요, 내 몸의 팔, 또 내 마음에 불을 질러 주던 심장인 당신이… 마침내 이러한 결과에 떨어진 것을 지금 나는 통탄하고 있습니다.

깨끗한 보물

The purest treasure mortal times afford

Is spotless reputation.

Richard II 1.1.177–178

인생이 가져다주는 가장 깨끗한 보물은

티없이 맑은 명성입니다.

「리처드 2세」 1막 1장 177–178행

사극 『리처드 2세』는 군주로서 지녀야 하는 정확한 판단력과 결단력, 그리고 어려움에 과감히 대처하는 용기와 같은 군왕의 자질이 결핍된 리처드가 숙부의 아들인 볼링부르크에게 폐위당하고 권좌를 내어주는 과정을 그리고 있습니다. 이 극의 첫 장면은 리처드 왕 앞에서 후에 리처드를 폐위시키고 헨리 4세로 등극하는 볼링부르크가 충신 모우브레이를 역적으로 몰고 이에 분노한 모우브레이가 사실 무근의 날조임을 호소하면서 서로 자신들의 주장을 정당화하기 위해 결투를 신청하는 것으로 시작합니다. "깨끗한 보물"은 이 첫 장면에서 리처드 왕이 모우브레이에게 분노를 참고 결투의 표시물을 거두라고 명하자 모우브레이가 결투로 누명을 씻게 해달라고 호소하며 리처드 왕에게 하는 말입니다.

　모우브레이는 우리가 읽은 "깨끗한 보물"을 말하기에 앞서 자신의 몸은 왕의 것이기에 어명이라면 자기 한 몸이야 왕을 위해 쾌히 바치겠지

만 그러나 어명이라 할지라도 치욕은 받을 수 없으며 죽어 무덤 위에
살아남을 명예만큼은 더럽힐 수 없노라고 결연히 자신의 결투 의지를
밝힙니다. 권력 유지와 찬탈을 둘러싼 음모와 배신, 술수와 내란이 근
간을 이루는 사극을 읽으면서 권력으로 인해 비열해지고 추악해지는
인간 세계에 분노와 실망을 금치 못합니다. 그럼에도 인간에 대한 희망
의 끈을 끝까지 놓지 않게 하는 것은, 표범은 사자에게 복종하는 법이
라며 결투의 표시물을 거두라는 왕의 명령조차 표범의 반점까지 바꿀
수는 없는 일이라고 응수하면서 명예에 살고 명예를 위해 죽고자 하는
모우브레이와 같은 군신들이 역사 속에 살아 있다는 것이지요.

용감한 정신

A jewel in a ten-times-barred-up chest
Is a bold spirit in a loyal breast.

Richard II 1.1.180–181

충직한 가슴에 깃들어 있는 용감한 정신이야말로
열 겹으로 잠근 금고에 고이 보관되어 있는 보석입니다.

「리처드 2세」 1막 1장 180–181행

"용감한 정신"은 앞의 "깨끗한 보물"에서 소개한 사극 『리처드 2세』의 첫 장면에서 모우브레이가 볼링부르크로부터 억울한 누명을 쓰게 되자 이를 반증하기 위해 볼링부르크가 신청한 결투에 응하면서 이를 만류하는 리처드 왕에게 하는 말입니다. 그는 인생에서 최고의 깨끗한 보물은 티없이 맑은 명성이요 그 아름다운 명성이 사라지면 인간이란 금으로 칠해진 인형이나 채색된 점토에 불과하다고 생각합니다.

　사실, 용감한 정신은 열기 어려운 금고에 보관되어 있는 보석임에는 틀림없으나 모우브레이는 용감한 정신이 보석이 되기 위한 매우 중요한 전제를 제시합니다. 즉, 용감한 정신이라고 보석이 되는 것이 아니라 정직하고 성실한 가슴에 깃들어 있을 때만이 보석이 된다는 것입니다. 이에 덧붙여 그는 말합니다. 명예는 그의 생명이요, 생명과 명예는 하나이기에 명예를 잃으면 생명도 잃게 되고 마는 것이라고.

진실은

Truth hath a quiet breast.

Richard II 1.3.96

진실은 고요한 가슴을 지니고 있다오.

「리차드 2세」 1막 3장 96행

앞에서 읽으신 "깨끗한 보물"과 "용감한 정신" 두 글에 대해 간략히 설명하면서 『리처드 2세』의 첫 장면은 볼링부르크가 왕에게 모우브레이의 대역죄를 고발하며 이를 입증하기 위해 모우브레이에게 결투를 신청하고 모우브레이는 자신의 결백을 증명하기 위해 결투를 받아들이는 것으로 시작함을 말씀드렸습니다. 결국 그들 둘은 왕이 정해준 결투 날짜와 장소에서 결투를 벌이게 됩니다. 결투에 임하면서 볼링부르크와 모우브레이는 그 장소에 참석한 왕과 좌중에게 승리를 다짐하면서도 만일의 경우를 생각해 작별인사를 한마디씩 합니다. 볼링부르크에 이어 모우브레이가 다음과 같이 말하지요. "오늘 저는 약동하는 마음을 가지고 이 싸움의 향연에 임하겠습니다. 노예가 그 속박당한 쇠사슬에서 풀려나고 황금의 자유와 해방을 안았을 때보다도 더 자유로운 기분입니다. 국왕 폐하, 그리고 동료 귀족 여러분, 오래 사시고 행복을 누리십시오. 저는 여흥적인 모의전에 나가듯이 조용히 즐겁게 결투에 임하겠습니다." 이에 덧붙여 모우브레이가 하는 말이 "진실은 고요한 가슴을 지니고 있다오"입니다.

셰익스피어는 진실은 고요한 가슴을 지닌다는 생각을 사극 이후 비극작품에서 중요한 테제로 채택하여 다루면서 "진실은 침묵되어져야 한다Truth should be silent"로 발전시킵니다. 예를 들면, 리어왕에게 가장 효녀였던 셋째 딸 코델리아는 아버지를 얼마나 사랑하느냐는 리어의 질문에 자신이 가슴에 담고 있는 깊은 사랑을 말로 옮기지 못합니다. 가슴에 느끼고 있는 사랑을 겉으로 드러내기 위해 말로 표현하면 진실을 잃게 됨을 알고 있었기 때문이지요. 사람이 근원인 뿌리에 머무르고자 하면 그 중심의 고요한 침묵을 견지할 수 있어야 합니다. 그래서 그녀는 우리에게 충언합니다. "온몸으로 사랑하세요. 그리고 침묵하세요 Love, and be silent"(『리어왕』 1막 1장 62행)라고.

나의 왕관

My crown is in my heart, not on my head;
Not decked with diamonds and Indian stones,
Nor to be seen. My crown is called content:
A crown it is that seldom kings enjoy.

3 Henry VI 3.1.62–65

나의 왕관은 마음속에 있지 머리 위에 있지 않다네.
그 왕관은 다이아몬드나 인도의 보석으로 장식된 것이 아니요,
눈에 보이지도 않지. 나의 왕관은 '만족'이라 호칭된다네.
그것은 왕들이 좀처럼 갖지 못하는 왕관일세.

「헨리 6세 3부」 3막 1장 62–65행

셰익스피어는 총 10편의 사극을 썼습니다. 그 사극들은 주로 15세기 영국의 장미전쟁을 다루고 있는데 장미전쟁은 리처드 2세의 폐위로부터 발단하여(1399년) 같은 혈통을 지닌 랭카스터 가家와 요크 가家 사이의 왕위 쟁탈을 에워싼 내란입니다. 이 내란은 리처드 3세가 장차 헨리 7세가 되는 리치먼드에게 패함으로써(1485) 그 길고도 고통스런 막을 내리게 됩니다. 이 헨리 7세가 바로 영국 르네상스기를 통치하고 자신은 영국과 결혼했다며 평생 독신으로 살면서 스페인의 무적함대 아마다를 무찌르고 대영제국의 전성기를 구가한 엘리자베스 여왕 1세의 할아버지이지요.

　　셰익스피어는 그의 사극을 통해 권력의 허망한 성쇠를 적나라하게 보여줍니다. 3부작으로 된 『헨리 6세』의 제3부에 보면 에드워드에게 왕의 자리를 빼앗기고 스코틀랜드로 피신했던 헨리 6세가 자신이 다스리던 그리운 영국이 보고 싶어 변장을 한 차림으로 영국 북방의 숲에 나타나는 장면이 나옵니다. 숲에서 그는 도움을 요청하기 위해 프랑스로 간 왕비와 아들을 걱정하며 자신의 신세를 한탄합니다. 그러다가 마침 사슴 사냥을 위해 숨어 있던 사냥터지기에게 발각되지요. 사냥터지기가 "이봐, 너는 대체 누구냐? 왕과 왕비에 대해 중얼거리고 있는 너는 말이다"라고 묻자 헨리 왕이 대답합니다. "보기보다는 나은 사람이지만, 태어날 때보다는 형편없이 되어 있다. 그래도 인간은 인간이다. 그 이하야 될 수 없으니까. 내가 왕에 대해 이야기한데서 이상할 건 없지 않느냐? 남들도 다 하고 있지 않느냐?"라고. 이에 대해 다시 사냥터지기가 "그야 그렇지. 하지만 너는 너 자신이 왕이기라도 한 것 같은 말투가 아니었느냐?"라고 묻습니다. 그러자 헨리 왕은 "그렇다. 나는 맘속에서 왕이다. 그리고 그걸로 충분하다"라고 대답해 줍니다. 이때 사냥터지기는 왕이라면 형식적으로 갖추고 있어야 할 매우 중요한 조건 하나를 확인코자 합니다. 즉, 사냥터지기는 "허나 네가 왕이라면 왕관은 어디에 있느냐?"라는 질문을 던지는 것이지요. 왕관이 어디에 있느냐는 이 질문에 대한 헨리 왕의 대답이 바로 "나의 왕관"입니다.

셰익스피어는 헨리 왕의 입을 통해 우리 인간이 자신의 머리 위에 올려야 하는 진정한 왕관은 '족함을 아는 것'임을 일깨웁니다. 즉, '만족 content'이라는 왕관을 쓴 자야말로 진정한 의미에서 자신의 주인이요, 군주이며 더 나아가 천하의 제왕이라는 것이지요. 이는 권력에서 뿐만 아니라 우리가 삶에서 추구하는 부나 명예 등과 같은 것에도 해당하는 지혜입니다.

이러한 지혜는 권력을 거머쥐고 리더가 되고자 하는 자들에게 군왕지학君王之學을 설파한 노자 역시 강조한 것으로 "족함을 아는 자래야 부한 것이요知足者富", "족함을 모르는 것처럼 인간에게 큰 화는 없는 것禍莫大於不知足"(『도덕경』 33장, 46장)이지요.

현재를 즐겁게

Now for the love of Love and her soft hours,
Let's not confound the time with conference harsh.
There's not a minute of our lives should stretch
Without some pleasure now.

Antony and Cleopatra 1.1.44–47

자, 사랑의 여신이 건네주는 사랑의 감미로운 시간을
다투는 언사로 낭비하지 마십시다.
우리 삶의 단 한순간도
현재의 기쁨이 없이 지나가게 해선 아니 되오.

「앤토니와 클레오파트라」 1막 1장 44~47행

셰익스피어의 비극 『앤토니와 클레오파트라』는 줄리어스 시이저가 브루터스 일당의 손에 살해된 뒤 시작된 삼두정치 시절 삼두정치가 중의 한 사람인 로마의 앤토니와 이집트의 클레오파트라간의 숭고하리만치 아름다운 비극적인 사랑을 그리고 있습니다. "현재를 즐겁게"는 이 극의 첫 장면에서 앤토니와 클레오파트라가 등장하여 사랑의 대화를 주고받다가 로마에서 전갈이 왔다는 보고로 인해 방해를 받아 둘이 다투게 되자 앤토니가 클레오파트라에게 건네는 말입니다.

통일제국의 건설이라는 목표를 위해 끊임없이 미래에 가치를 두고 사는 로마의 앤토니가 클레오파트라의 이집트에 와서 배워 깨달은 가장 큰 삶의 덕목은 바로 미래의 제단에 현재를 희생의 제물로 바치지 않는 현재에 사는 삶이었습니다. 클레오파트라의 이집트 세계에서 삶이란 무한한 가능성의 문제이며 미래는 개방되어 있고 정해져 있지 않습니다. 시간의 딸the daughter of time인 그녀는 매 순간을 완벽히 발현시키고 그녀의 매 순간은 그녀의 무한한 다양성을 위한 자기충족적인 기회이며 각 기분은 스스로 재창조하는 특별한 요소를 지니지요. 그러기에 그녀에 대한 어떠한 묘사도 그녀에게는 충분치 않으며 모든 순간은 매 순간에 태동하는 일에 봉사합니다.

　클레오파트라는 의무와 헌신, 절제와 규범에 바탕을 둔 도덕적인 당위의 삶을 살아온 앤토니에게 현재에 사는 삶이란 내 삶의 현상을 옳고 그름으로 판단하지 않고 현상 그 자체를 있는 그대로 받아들이며 즐기는 심미적인 삶임을 보여주지요. 더 나아가 그녀는 앤토니가 로마로 떠날 때 "영원은 우리의 입술과 눈에 있었지요Eternity was in our lips and eyes"(『앤토니와 클레오파트라』 1막 3장 35행)라고 말하면서 현재 순간의 즉각적인 충분한 발현은 현재 속에서 영원을 경험하는 것임을 일깨워줍니다. 그녀에게 있어 현재는 과거와 미래에 대한 숙고나 의무로부터 자유로운 영원한 현재인 것이지요. 우리는 클레오파트라를 통해 우리가 그녀처럼 현재의 삶을 살 때 진정한 의미에서 여왕의 삶을 사는 것임을 배우게 됩니다.

성스러운 유희

'Tis holy sport to be a little vain,

When the sweet breath of flattery conquers strife.

The Comedy of Errors 3.2.27–28

다소의 거짓말은 신성한 유희이지요.

달콤한 아첨의 말로 갈등을 누그러뜨리게 해준다면 말입니다.

「실수연발」 3막 2장 27-28행

셰익스피어의 첫 희극인 『실수연발』을 보면 안티포러스라
는 이름의 쌍둥이 형제가 도로미오라는 이름의 쌍둥이 하인 형제와 함
께 항해하던 중 난파를 당해 헤어지게 됩니다. 형 안티포로스는 하인의
형 도로미오와 그리고 동생 안티포러스는 하인의 동생 도로미오와 각
각 다른 곳에서 살게 되지요. 그들이 헤어진 뒤 18년의 세월이 지나 쌍
둥이 동생 안티포러스는 쌍둥이 하인 도로미오를 데리고 형을 찾아 나
섭니다. 그러다가 마침 형이 있는 장소에 와서 서로를 알아보지 못하고
얽히면서 실수와 폭소를 자아내지요. 특히 쌍둥이 형의 집에 우연히 들
어서게 된 동생은, 모르는 부인이 자신을 남편이라고 부르자 당황하고
형의 부인은 남남같이 서먹서먹하게 대하는 남편의 태도에 대해 다른
여자가 생겨 상냥한 표정은 그 여자에게 주고 이제 자신은 아내가 아니
냐며 몹시 섭섭해 하지요.

　형의 처제가 되는 루시애너 역시 눈앞에 있는 형부가 형부의 쌍둥이

동생인줄 모르고 언니에게 예전과 달리 그렇게 소홀히 하지 말라며 조언을 건넵니다. 그녀는 말하지요, "나쁜 짓일랑 몰래 하세요. 언니에게 알려드릴 필요는 없잖아요? 자기가 한 도둑질을 자랑하는 도둑은 바보지 뭐예요. 식사 때에 외박한 일을 언니한테 눈치 채일 얼굴빛을 하시는 건 이중으로 나빠요. 수치스런 일도 처리를 잘하면 그런대로 속임수의 명예나 되지만, 나쁜 행위는 나쁜 말로 인해서 이중으로 나빠지는 거예요. 여자란 참 가엾어요! 여자는 너무도 잘 곧이들으니까, 사랑한다고 곧이듣게만이라도 하세요. 팔은 딴 곳에 주시더라도 옷소매만이라도 보여드리세요." 루시애너가 이렇게 말한 뒤 들어가서 언니를 위로해 주고 아내라고 자상히 불러주라면서 덧붙이는 말이 "성스러운 유희"입니다.

이와 관련하여 『리어왕』의 첫 장면을 보면 리어가 세 딸에게 아버지인 리어를 얼마만큼 사랑하는지에 따라 영토를 분배해 주겠다면서 세 딸의 사랑을 말로 표현해 보라고 요구합니다. 이에 대해 첫째 딸과 둘째 딸은 듣기 좋은 감언과 과장의 언사로 그들의 사랑을 포장하나 셋째 딸은 사랑은 말로 표현할 수 있는 것이 아니라는 생각에 "없습니다nothing"

라고 짧게 대답합니다.

그녀의 대답은 없어서 "없다"는 것이 아니라 가슴에 있는 큰 사랑은 언어로 담아낼 수가 없어 일체의 사랑을 포함한 표현으로써 "없다"고 한 것입니다. 그런데 문제는 매우 정직한 대답이긴 하나 이 극에서 이 한 마디가 가족과 나라 전체의 비극을 초래한다는 것입니다. 즉, 그녀의 정직이 자신에서 시작해 나라 전체의 비극을 자초한 것으로 인간사에는 '거짓'보다 더 해로운 '정직'이 있다는 것을 일깨웁니다.

셰익스피어는 이미 그의 첫 희극 『실수연발』에서부터 다툼과 분규를 해소시키는 다소의 달콤한 아첨과 거짓은 "성스러운 유희"라고 생각하였고, 『리어왕』에 이르면 자신에게만 결백하고 정직하고자 하는 결벽증적인 도덕성이 주위에 어떠한 비극까지 몰고 올 수 있는가를 보이며 우리를 전율시킵니다. 셰익스피어의 이러한 작품들을 통해 우리는 "성스러운 유희"로 우리의 주위와 우리가 하는 일을 보다 즐겁고 화해롭게 해야 할 필요가 있음을 느끼게 됩니다.

아름다움은

A withered hermit, fivescore winters worn,
Might shake off fifty, looking in her eye.
Beauty doth varnish age as if new-born,
And gives the crutch the cradle's infancy.

Love's Labor's Lost 4.3.239-242

속세를 떠나 백 번의 겨울을 지낸 말라빠진 늙은이도,
그녀의 눈을 보면 50년은 금방 젊어질 것입니다.
아름다움은 노인을 갓 태어난 어린 아기로
지팡이를 요람의 젊음으로 만드는 마력이 있습니다.

「사랑의 헛수고」 4막 3장 239-242행

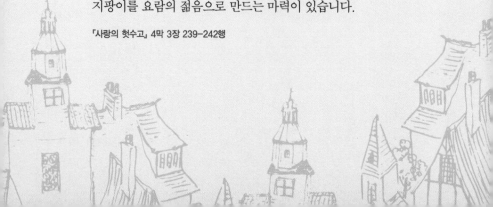

『사랑의 헛수고』는 나바르 왕국의 왕 퍼디낸드가 신하 세 명과 함께 그의 궁정을 불멸의 학문에 전념하는 학원으로 만들기 위해 3년간 궁정 밖의 외출을 금하며, 여자와 만나지 말 것, 일주일에 하루는 단식을 할 것, 하루에 일식만 할 것, 그리고 밤에는 세 시간만 수면을 취할 것 등의 규약에 맹세를 하는 것으로 시작합니다. 그러나 때마침 프랑스 공주가 시녀 세 명과 함께 나바르 궁정을 방문하고 왕 일행은 그녀들을 보는 순간 서로 사랑에 빠져 맹세를 깨는 즐거운 희극이 벌어집니다.

　인간의 아름다움에 대한 심미적인 욕구는 생리적 욕구 다음으로 원초적인 인간의 욕구입니다. 아름다움에의 충족은 인간을 보다 건강하고 젊은 생명력으로 채워줍니다. 이 극에서 셰익스피어는 등장 인물 베룬을 통해 이 세상 그 어떤 저술가도 사랑하는 여인의 눈만큼 아름다운 책을 쓴 자는 없다고 말합니다. 그만큼 사랑하는 여인의 눈은 아름다움

에 대해 수 만 권의 책이 줄 수 있는 것보다 더 큰 심미적인 즐거움을
선사해 준다는 것이지요.

위대한 걸작품

What a piece of work is a man, how noble in reason,
how infinite in faculties, in form and moving how express
and admirable, in action how like an angel, in apprehension
how like a god: the beauty of the world, the paragon of animals.

Hamlet 2.2.310–315

인간이란 참으로 위대한 걸작품이 아닌가!
이성은 얼마나 고귀하고, 능력은 얼마나 무한하며,
자태와 거동은 얼마나 위엄 있고 경탄스러우며
행동은 얼마나 천사 같고, 이해력은 실로 신과 같지 아니한가!
이 지상의 아름다움이요, 만물의 영장이로다.

「햄릿」 2막 2장 310–315행

아버지가 돌아가신 지 겨우 한 달도 안 되어 어머니가 삼촌과 재혼한 데 따른 여성에 대한 실망감, 게다가 친구들이 현재의 왕에게 매수되어 자신의 속마음을 캐내려고 하수인 역할을 하는 데서 오는 배신감 등으로 햄릿은 인간을 한갓 더러운 "먼지의 먼지"로밖에 보지 않습니다. 그러나 그러한 실망과 배신감 이전에 햄릿이 가졌던 인간관에서 보이는 인간은 실로 더없는 예찬과 경탄의 대상이었습니다. "위대한 걸작품"은 햄릿이 기본적으로 가지고 있었던 인간에 대한 자긍심이 깃든 생각입니다. 이러한 인간에 대한 경탄의 예찬을 거슬러 올라가면 하나님이 자신의 형상을 빚어 이 땅을 주관할 인간을 창조했다는 창세기 신화에 이르게 됩니다. 창세 이후 지금껏 인간이 인간으로서 느끼며 살고 싶은 것은 이 지상의 아름다움이요 만물의 영장이라는 "독수리 날개를 단 자긍심eagle-winged pride"이지요.

고요한 양심

I feel within me
A peace above all earthly dignities,
A still and quiet conscience.

Henry VIII 3.2.379-381

나는 이 세상
모든 권세로도 바꿀 수 없는 마음의 평화와
평온하고 고요한 양심을 느끼고 있다네.

「헨리 8세」 3막 2장 379-381행

헨리 8세(1491-1547)는 르네상스 시대에 대영제국의 전성기를 구가한 여왕 엘리자베스 1세의 아버지로서 1534년 본부인 왕비 캐서린과 이혼을 하려고 합니다. 하지만 로마교회법에 의하면 이혼을 할 수가 없자 아예 영국국교회를 설립하여 그 수장이 됩니다. 성공회를 세워 로마교회와 종교적으로 관계를 끊고 엘리자베스 시대의 번영을 위한 토대를 마련하지요. 그는 왕비를 여럿 갈아 치웠는데, 그중 몇몇 왕비는 사형에 처해졌고 엘리자베스 여왕의 생모 앤 불런도 그 중의 한 사람이었습니다.

셰익스피어의 사극 『헨리 8세』는 헨리 8세가 왕비 캐서린과 이혼하고 캐서린의 시녀였던 앤 불런과 결혼하여 딸 엘리자베스를 낳아 경축하는 과정을 그리고 있습니다. 이 극에는 추기경 울지라는 인물이 등장하는데 왕권을 등에 업고 성직의 직위를 이용하여 막강한 권력을 행사합니다. 로마 법왕이 되고자 하는 야욕을 달성하기 위해 막대한 세금을 징수하고 부정축재를 하지요. 그러나 그렇게 막강한 영향력을 행사하던 그도 결국 왕에게 그의 그러한 소행이 밝혀지면서 영광에서 어둠으로 몰락합니다. "고요한 양심"은 울지가 명예와 영광을 한꺼번에 잃고 몰락하게 되어서야 비로소 느끼고 깨닫게 된 바를 그의 부하인 크롬웰에게 해주는 고백조의 말입니다.

울지는 크롬웰에게 자신의 몰락하는 모습과 파멸의 원인을 잘 보아두라면서 절대로 야심을 갖지 말 것을 당부합니다. 야심은 천사까지도 타락케 한 죄악이고, 그 모습이 신과도 닮은 우리 인간이 어떻게 야심에 의해 출세할 수 있겠느냐며 너 자신을 맨 나중에 생각하고 너를 미워하는 사람을 소중히 하라고. 또한 부정은 정직에게 이기지 못하는 법이니 언제나 바른손엔 온화한 평화를 가지고 다니면서 악의를 품고 있는 사람의 입을 틀어막으라고 충고합니다. 끝으로 마음을 올바르게 먹고, 아무것도 두려워하지 말며, 네가 하고자 하는 일은 모두 조국과 신과 진실을 위해서 하는 일이 되게 하라고 당부하지요. 또 그러고서도 몰락한다면 그것은 훌륭한 순교라고 이르며 당부를 맺습니다.

『헨리 8세』의 울지가 잘 보여주듯이, 권력을 다루는 사극을 보면 한 가지 중요한 사실을 발견하게 됩니다. 권력자들은 하나같이 그 막강한 권력을 잃고 죽음에 다가서서야 비로소 권력의 무상함과 자기 자신을 깨닫고 마음의 평안을 찾는다는 것입니다. 그들은 모든 것을 잃고 나서야 마음의 평화와 고요한 양심을 느끼며 이는 천하의 모든 권세로도 바꿀 수 없는 것임을 깨닫지요. 이렇게 잃음을 통해 찾는 것은 『성서』와 셰익스피어를 비롯해 모든 서구 문학을 관통하는 원형적인 구조요 주제입니다.

나 햄릿은 말이네

I could be bounded in a nutshell and count myself
a king of infinite space.

Hamlet 2.2.258–259

나 햄릿은 말이네
자그마한 호두껍질 속에 갇혀 있게 된다 하더라도
내 자신을 무한한 공간의 왕으로 생각할 수 있는 사람이라네.

「햄릿」 2막 2장 258–259행

햄릿은 선왕의 유령을 만난 이후 삼촌에 대한 복수를 하기 위해 미친 자처럼 행동합니다. 이를 의혹의 눈초리로 지켜보던 왕은 햄릿의 친구 로젠크랜츠와 길덴스턴에게 햄릿의 의중을 탐지해 오라는 사주를 내립니다. 햄릿은 왕의 사주를 받고 온 친구 로젠크랜츠와 길덴스턴에게 행운의 여신에게 무슨 죄를 지었기에 이곳 감옥으로 오게 되었느냐고 묻습니다. 세상은 여러 감방을 둔 감옥인데 그중에서도 덴마크는 가장 지독한 감옥이라는 것입니다. 사실 아버지를 살해한 자가 왕이 되었는가 하면 정숙한 어머니가 그 추악한 왕과 결혼했고, 이제 왕과 왕비, 그리고 대신들, 심지어 친구들조차 사주를 받아 자신을 의혹의 눈으로 주시하고 있는 덴마크는 햄릿 하나를 놓고 온 나라가 감시하는 거대한 감옥이라 해도 과언이 아니지요.

친구들은 덴마크가 감옥으로 보이는 것은 햄릿이 왕이 되고픈 대망이 있어 덴마크가 너무 협소하게 보여서 그럴 것이라고 응수합니다. 이에 대한 햄릿의 대답이 "나 햄릿은 말이네"입니다. 현상으로 존재하는 일체는 마음이 지어낸 것일 뿐이라는 불교의 유식론唯識論을 연상시키는 햄릿의 말은 세상은 우리가 어떻게 생각하고 바라보느냐에 따라 천국도 되고 지옥도 된다는 것을 일깨웁니다. 즉, 자신이 처해 있는 공간이 어디이든 그곳이 바로 무한한 우주요 천국일 수 있음을 인식시켜 줍니다.

후한 선심

Use every
man after his desert, and who shall scape whipping?
Use them after your own honor and dignity. The less
they deserve, the more merit is in your bounty.

Hamlet 2.2.536–539

사람을 그 사람의 가치에 따라 대접한다면
이 세상에 회초리를 맞지 않을 사람이 누가 있겠소?
그러니 당신의 명예와 인품에 어울리게 대접하시오.
상대방에 그만한 자격이 없으면 없을수록 이쪽의
후한 선심이 더 빛나는 법이오.

「햄릿」 2막 2장 536–539행

햄릿이 미친 척하며 생활하던 어느 날 덴마크 궁궐에 유랑 극단이 찾아듭니다. 햄릿은 그들을 반갑게 맞이하고 배우들과 잠깐 동안 트로이가 그리스 군에 의해 초토화되면서 트로이의 왕 프라이엄이 무참히 살해당하는 장면의 대사를 감정을 실어 실감나게 주고받습니다. 햄릿이 유랑 배우들을 만나자 마자 특별히 트로이의 왕 프라이엄이 살해당하는 참극의 장면을 읊어 보자고 한 데에는 이유가 있습니다. 그 장면에서 백발이 성성한 왕 프라이엄의 사지가 난도질당하자 늙은 왕비 헤큐바가 억수 같은 눈물을 뿌리며 맨발로 허둥지둥 옷도 제대로 걸치지 못한 채 뛰어나와 울부짖으며 막아서는 모습 때문입니다. 즉, 햄릿의 생각 저변에는 '부부라면 적어도 남편에 대해 헤큐바 같은 모습이어야 하거늘 어찌 자신의 어머니는 남편의 죽음을 막아서기는커녕 오히려 삼촌과 결혼해서 잠자리를 같이하는 모습이란 말이냐?' 라는 강한 반문이 도사리고 있는 것이지요.

"후한 선심"은 햄릿이 유랑 배우들과 프라이엄 왕이 살해당하는 구절을 낭송한 뒤 재상 폴로니어스에게 배우란 시대의 압축이요 연대기인 만큼 극 단원들이 편히 쉬도록 숙소를 제공하고 후히 잘 대접해 주라면서 이르는 말입니다. 폴로니어스가 유랑 배우들을 신분에 따라 응당히 대접하겠다고 하자 햄릿이 사람을 가치에 따라 대접을 하기로 들면 누구 할 것 없이 매를 맞아야 할 만큼 못나고 죄 많은 사람들이니 오히려 대접을 하는 사람의 명예와 인품에 어울리게 대접하라는 충고를 하고 있는 것이지요.

*Good Morning
Shakespeare*

Good Morning Shakespeare

2
사랑의 날개

사랑의 가벼운 날개를 타고 이 담벼락을 넘었지요.
돌담이라 한들 어찌 사랑을 막아낼 수 있겠습니까?
사랑은 할 수 있는 일이라면 무엇이든지 해낸답니다.

사랑의 힘

Things base and vile, holding no quantity,

Love can transpose to form and dignity.

Love looks not with the eyes, but with the mind,

And therefore is winged Cupid painted blind.

A Midsummer Night's Dream 1.1.232-235

천하고 혐오스러워 도무지 매력이 없는 것들도

사랑은 멋있고 격조 있는 것으로 바꾸어 놓습니다.

사랑은 눈으로 보는 것이 아니라 마음으로 봅니다.

그래서 날개 달린 큐피드는 소경으로 그려져 있는 것이지요.

「한여름 밤의 꿈」 1막 1장 232-235행

우리가 셰익스피어의 희극 『한여름 밤의 꿈』을 읽거나 감상할 경우 가장 인상적이면서도 크게 가슴에 와닿는 장면은 요정의 여왕 타이타니아가 당나귀 머리로 변신한 바톰과 사랑을 나누는 장면입니다. 가장 신비롭고 아름다운 요정의 여왕이 더없이 추악한 당나귀 머리의 인간과 사랑에 빠진 모습으로 사랑이 한갓 짐승화된 무지렁이조차 여왕의 가장 멋진 연인이요 요정의 왕으로 만들어 줌을 보여주는 것이지요. 마치 영화 〈미녀와 야수〉에서 미녀 벨의 사랑으로 야수가 이상적인 왕자로 변모하듯이 말입니다.

인간은 아름다우면서도 동시에 추한 존재입니다. 요정과 같은 면을 지니면서도 동시에 짐승과 같은 면을 지닌 인간의 이러한 양면성을 무대 위에 가시적으로 극화한 장면이 바로 요정의 여왕과 당나귀 머리 바톰의 결합이며 이는 바로 미녀와 야수의 결합인 것이지요. 영화 〈미녀와 야수〉 역시 이 우주에서 가장 강력한 마법의 힘은 바로 사랑임을 일깨웁니다. 마법에 걸려 동토가 되어 버린 왕국의 마법을 풀어 찬란한 새봄의 신천지로 바꾸어 주는 것은 바로 여주인공 벨의 사랑이었던 것이지요.

내 사랑은

My bounty is as boundless as the sea,

My love as deep; the more I give to thee,

The more I have, for both are infinite.

Romeo and Juliet 2.2.133-135

저의 넉넉함은 바다와 같이 끝이 없고

제 사랑도 마찬가지로 깊디깊습니다.

제가 그대에게 드리면 드릴수록

제가 더욱더 풍요롭게 됩니다. 둘 다 무한하거든요.

「로미오와 줄리엣」 2막 2장 133-135행

로미오는 무도회에서 줄리엣을 보는 순간 사랑에 빠지고 그날 밤 담을 타넘어 줄리엣의 집 뜰 안으로 들어갑니다. 그리고 마침 어두운 밤에 이층 발코니에 나타나 로미오에 대한 사랑을 몰래 혼자 고백하고 있는 줄리엣을 만나 사랑의 맹세를 나누게 되지요. "내 사랑은" 은 『로미오와 줄리엣』의 지극히 낭만적인 장면인 바로 이 발코니 장면에서 줄리엣이 로미오에게 하는 말입니다. 이 아름다운 장면에서 그들이 나누는 사랑의 대화를 잠시 엿들어 보시지요.

로미오 아가씨, 저기 저 순결한 달님에 두고 맹세하리다.

이곳 수목들의 가지를 온통 은빛으로 물들이고 있는

저 순결한 달님에 두고.

줄리엣 아, 저 주책없는 달님에 두고 맹세하진 마세요.

천체의 궤도에서 다달이 변하는 달이고 보니

당신 사랑 역시 그처럼 변할까봐 두려우니까요.

로미오   그럼 무엇에 두고 맹세 할까요?

줄리엣   글쎄요, 맹세는 하지 마세요.

당신을 본 것이 기쁘긴 해도 오늘 밤의 그런 맹세는 싫어요.

이건 어쩐지 너무나 무모하고 너무나 갑작스러워서

'저것 보라'고 말할 새도 없이 사라져 버리는 번갯불만 같아요.

그럼 안녕히.

이 사랑의 꽃봉오리는 여름날 바람에 마냥 부풀었다가

다음 만날 때엔 예쁘게 꽃 필 거예요. 안녕히, 안녕히!

달콤한 안식이 저의 가슴속에서와 마찬가지로

당신 가슴속에도 깃들기를!

로미오   이렇게 섭섭하게 들어가시려고요?

줄리엣   그럼 어떡하면 오늘 밤이 섭섭하지 않을까요?

로미오   서로 진정을 모아 사랑의 맹세를 교환합시다.

줄리엣   저의 맹세는 당신이 청하기 전에 벌써 드렸는걸요.

그야 한 번 더 드리고 싶어요.

로미오   그럼 그 맹세를 다시 가져가고 싶단 말입니까? 왜 그러하신지요?

줄리엣   다만 아낌없이 한 번 더 드리고 싶어서예요.

하지만 제가 가지고 있는 애정에 대해
욕심을 부리고 있나 봐요.
저의 넉넉함은 바다와 같이 끝이 없고 제 사랑도 마찬가지로
깊디깊답니다. 제가 그대에게 드리면 드릴수록 제가 더욱더
풍요롭게 됩니다. 둘 다 무한하거든요. 그럼, 안녕히.

　노자가 쓴 『도덕경』의 마지막 장을 보면, "힘써 남을 위하면 위할수록 자기가 더 있게 되고, 힘써 남에게 주면 줄수록 자기가 더 풍요롭게 된다旣以爲人己愈有, 旣以與人己愈多"는 유명한 구절이 나옵니다. 마치 노자의 말을 그대로 옮겨 놓은 듯한 줄리엣의 말은 사랑은 주면 줄수록 내가 더욱더 풍요롭게 된다는 원리로서 이 지상에서의 천국적인 삶을 사는 방법을 일깨웁니다. 사랑이란 도의 원리와 마찬가지로 나누어 주면 줄어드는 산술의 법칙이 아니라 나누어 주고 베풀면 베풀수록 오히려 더 많아지는 역설의 법칙인 것이지요.

사랑의 날개

With love's light wings did I o'erperch these walls;

For stony limits cannot hold love out,

And what love can do, that dares love attempt.

Romeo and Juliet 2.2.66-69

사랑의 가벼운 날개를 타고 이 담벼락을 넘었지요.

돌담이라 한들 어찌 사랑을 막아낼 수 있겠습니까?

사랑은 할 수 있는 일이라면 무엇이든지 해낸답니다.

「로미오와 줄리엣」, 2막 2장 66-69행

줄리엣 집의 담장을 타고 넘어 뜰 안으로 들어간 로미오는 어둠 속에서 줄리엣이 로미오에 대한 사랑을 혼자 고백하고 있는 것을 엿듣게 됩니다. 뜰 아래 인기척을 느낀 줄리엣은 어둠 속에 숨어서 남의 비밀을 엿듣는 분은 도대체 누구냐고 묻습니다. 로미오라는 것을 확인한 줄리엣은 기겁을 하여 묻습니다. 담은 높아서 오르기가 어렵고 당신의 입장에선 우리 집 식구에게 들키면 목숨을 부지하기 어려운 곳이거늘 여기에 어떻게 왔느냐고. 이에 대한 로미오의 대답이 "사랑의 날개"입니다.

로미오는 "사랑의 날개" 다음에 "그러니까 당신네 집 식구들이라 하더라도 나를 막지는 못합니다"라고 덧붙입니다. 이 말에 대해 줄리엣은 다급히 요청합니다. 식구들에게 들키면 죽게 되니 빨리 달아나라고. 줄리엣이 뜰 안에서 자신의 말을 엿들은 사람이 로미오임을 알고 제일 먼저 입에 올리는 말이 다름 아닌 "달아나라"는 것이고 보면 줄리엣은 어리지만 매우 현실적인 판단을 할 줄 아는 슬기로운 여성임을 알 수 있습니다. 로미오가 현재 죽을 곳에 있으면서 사랑을 하겠다고 덤비는 비현실적인 젊은이인데 반해 줄리엣은 중요한 것은 생명을 보존하는 것이요 살아 있고서야 사랑이 있다는 매우 타당하고 성숙한 판단을 하는 여성이지요. 이 극 전체를 놓고 보면 항상 줄리엣의 판단과 결단이 주도적으로 앞서며 로미오는 그 판단대로 움직여 갑니다.

진정한 사랑

For aught that I could ever read,

Could ever hear by tale or history,

The course of true love never did run smooth.

A Midsummer Night's Dream 1.1.132-134

지금까지 무수한 이야기나 역사서를 읽고 들어보았어도

진정한 사랑이 순탄하게 진행된 경우는 없었소.

「한여름 밤의 꿈」 1막 1장 132-134행

『한여름 밤의 꿈』은 이지어스의 딸인 허미아가 아버지가 사윗감으로 정해 놓은 드미트리어스와의 결혼을 거부하고 자신이 좋아하는 라이샌더와 결혼하고자 하여 아버지의 분노를 사게 되고 결국 공작 테세우스의 엄중한 판결을 받는 장면으로 시작합니다. 즉, 결정할 며칠의 여유를 준 뒤 드미트리어스와 결혼하든지 아니면 아버지의 의지에 반한 대가로 죽음에 처해지거나 영원히 인간 사회와 등을 지고 음침한 수녀원에 갇혀 차디찬 달님을 향해 가냘픈 찬송가를 올리며 독신녀의 삶을 살아야 한다는 것이었습니다.

"진정한 사랑은" 아버지가 정해준 드미트리어스를 거절할 경우 중벌의 선고를 받게 된다는 것에 라이샌더가 허미아에게 위로하며 건네는 말입니다. 그는 진정한 사랑은 혈통의 문제로, 아니면 나이의 문제로, 때로는 친구들의 못마땅해 함으로 난관을 겪으며 설사 사랑의 선택이 받아들여진다 해도 전쟁, 죽음, 질병들이 캄캄한 밤의 번갯불처럼 순식

간에 사랑을 사라지게 하는 것이어서 그들이 겪고 있는 사랑의 난관은
수많은 사랑이 겪어온 고통이라고 위로합니다.

여인의 눈

[Women's eyes] sparkle still the right Promethean fire;
They are the books, the arts, the academes,
That show, contain, and nourish all the world;
Else none at all in aught proves excellent.

Love's Labor's Lost 4.3.347–351

여인의 눈에는 항상 프로메테우스의 불이 번득이고 있지요.
여인의 눈은 서적이요, 학문이요, 학교여서
모든 세상을 나타내고 함축하며 양육합니다.
이것 이외에 세상에 더 훌륭한 것이라곤 없습니다.

「사랑의 헛수고」 4막 3장 347–351행

나바르 왕국의 젊은 왕인 퍼디낸드와 젊은 측근인 신하 셋은 3년간 단식은 물론 여인과는 단교를 하면서 학문에 정진하기로 맹세합니다. 하지만 시녀 셋을 동반하고 나바르 왕국을 방문한 프랑스 공주 일행을 만난 이후 모두 다 그녀들에게 매혹되어 사랑의 열병을 앓으며 맹세를 깹니다. 어느 날 모두가 사랑에 빠진 것을 확인한 그들은 자신들이 스스로 굳게 한 맹세를 파기한 수치심을 극복하기 위해 맹세의 철회는 어쩔 수 없었다는 정당성을 확보하여 결코 맹세를 깨트리지 않았다는 것을 입증코자 합니다. "여인의 눈"은 퍼디낸드 왕이 맹약을 한 신하 중의 한 사람인 베룬에게 자신들의 연애를 합법화하여 맹세를 깨뜨린 것이 아니라는 것을 논증해 보라고 요구하자 이에 대해 잔뜩 늘어놓은 변설의 일부입니다.

　　베룬이 논증하는 것을 보면 단식, 면학, 여인과의 단교, 이 세 가지를 지키기로 한 맹세는 청년의 제왕 같은 청춘에 대한 반역이라는 것이지요. 단식에 관해선 위장은 아주 젊은데 무리하게 절제하면 병이 나고 만다고 지적합니다. 다음으로 학문에 대해선 면학을 하겠다고 해놓고는 최고의 교과서를 거절했다고 합니다. 여성의 아름다운 얼굴과 눈은 학문의 토대가 되는 명상과 관찰을 위한 최고의 대상이라는 것이지요. 학문은 인간의 부속물에 지나지 않고 우리가 존재하는 곳에 학문이 있는 것이니 우리가 여인의 눈 속에 우리들의 모습을 본다면 그게 곧 학문을 발견한 것이라고 주장합니다. 따라서 맹세를 함으로써, 여자를 멀리하고 거부한 자신들은 바보였으며 그 맹세를 지켜나가는 것은 더욱더 바보가 된다는 결론을 이끌어냅니다. 베룬은 맹세를 버리는 일은 남성을 남성으로 만드는 여성을 위하여 남성 자신을 찾는 것이요, 그리 아니하면 맹세를 지키는 대신 우리 자신을 잃고 마는 것이기에 결국 맹세를 깨뜨리는 것은 경건한 일이라고 결론을 내립니다. 그러고 나서 긴 변설을 마감하지요.

사랑이 주는 밝은 시력

[Love] adds a precious seeing to the eye:
A lover's eyes will gaze an eagle blind.
A love's ear will hear the lowest sound,
When the suspicious head of theft is stopped.

Love's Labor's Lost 4.3.330-333

사랑은 눈에 더 할 수 없이 밝은 시력을 가져다주어
사랑에 빠진 사람이 바라보면 독수리도 눈이 부셔 눈멀게 되지요.
도둑이 조심하며 귀를 기울여도 듣지 못하는
낮은 소리도 사랑하는 사람의 귀에는 들린답니다.

「사랑의 헛수고」 4막 3장 330-333행

바로 앞에서 읽은 『사랑의 헛수고』에 나오는 "여인의 눈"에서 말씀드렸듯이 나바르 왕 청년 퍼디낸드와 젊은 신하 셋은 맹세 파기라는 수치스러운 "죄evil"를 모면키 위해 악마를 속여 넘길 만한 구실과 변명을 필요로 하게 되지요. 이들을 위해 베룬이라는 자가 그들이 여성과 사랑에 빠진 것을 정당화하여 그들은 결코 맹세를 깨뜨린 자들이 아니라는 것을 논변합니다. "사랑이 주는 밝은 시력"도 "여인의 눈"과 마찬가지로 베룬이 그들의 변심을 합리화하는 변설의 일부입니다.

베룬은 묻습니다. 여인의 눈보다 더한 아름다움을 가르치는 책의 저자가 이 세상 어디에 있느냐고. 그러고는 학문이란 우리 자신을 찾는 것인즉 우리가 여자의 눈 속에서 우리들의 모습을 본다면 그게 곧 학문을 발견하는 것이라고. 그런데 자신들은 학문을 한다고 맹세하고서는 그 맹세로 인해 우리의 모습을 보여주는 최고의 서적을 거부하였다는 것이지요. 최고의 서적을 거부한 그들에게 베룬은 다시 묻습니다. "그렇다면 전하께서나 당신들이 납같이 묵묵히 묵상을 하고 있는 동안, 저 아름다움의 선생들인 매혹적인 눈들이 불러일으켜 준 그러한 열정적인 시들을 대체 언제 발견하셨단 말입니까?"

이 질문에 이어 베룬은 주장합니다. 기타의 따분한 학문들은 뇌 속에 늘어붙어 가지고 실제 활용되는 일이 별로 없고 많은 노력에 비하면 수확이 보잘것없다고. 허나 여인의 눈 속에서 처음 배운 사랑의 지식은 뇌 속에 머물러 있지를 않고 자연의 물, 공기, 불, 흙과 같은 조화를 가지고 상념같이 날쌔게 신체 각부에 침투하여 원래의 기능을 능가하여 각 부의 힘을 배가시켜 준다고. 그러기에 눈에는 시력을 더해 주어 사랑에 빠진 자가 노려보면 독수리도 눈이 멀게 되고 도둑의 예민한 귀에도 안 들리는 낮은 소리도 연인의 귀에는 들리는 것이라고. 그의 주장대로 사랑은 우리의 감각을 저 달팽이의 보드라운 뿔보다도 더 보드랍고 예민하게 해주지요.

한 여인의 친절

When a world of men

Could not prevail with all their oratory,

Yet hath a woman's kindness overruled.

1 Henry VI 2.2.48–50

수많은 남자들이 모든 웅변을 동원해도
설득하지 못하는 일을 한 여인의 친절은
설복시켜 낸답니다.

「헨리 6세 1부」 2막 2장 48–50행

"한 여인의 친절"이 나오는 『헨리 6세 1부』는 헨리 5세의 장례와 어린 아들 헨리 6세의 등극으로 막이 열립니다. 국내적으로는 권력 투쟁, 국외적으로는 영국이 점령한 프랑스 지역에 대한 프랑스의 반격 등으로 나라 사정은 무질서와 혼돈으로 아수라장인 모습을 보입니다. 이 작품에는 사극의 성격상 여러 인물들이 출현하나 매우 돋보이는 인물은 둘입니다. 한 사람은 프랑스에게 공포의 대상인 영국의 탤버트 장군이고 다른 한 사람은 우리가 어려서부터 많이 들어온 프랑스의 전설적인 소녀 잔 다르크(1412-1431)입니다. 프랑스는 잔 다르크의 진두지휘로 영국군에게 포위당했던 올리언즈 시를 재탈환하는데 성공합니다. 하지만 어렵게 재탈환한 올리언즈 시는 유감스럽게도 성문의 보초들이 지나친 승리의 자축연으로 야간 경계를 소홀히 한 틈을 이용한 탤버트 장군의 야습으로 다시 점령당하지요.

이 통탄스러운 소식을 들은 프랑스의 오베뉴 백작 부인은 탤버트 장군을 그녀의 집으로 유인하여 사로잡을 계략을 짭니다. 하인을 보내 장군의 명성을 사모한 나머지 그를 그녀의 성으로 모시고 싶다며 정중히 초청을 하지요. 이러한 백작 부인의 초청을 받고 탤버트가 하는 대답이 "한 여인의 친절"입니다. 그의 말대로 한 여인의 친절이 그를 설복하여 그는 초청에 응합니다. 물론 프랑스가 두려워하고 엄마가 그 이름만 대도 우는 아기가 울음을 뚝 그친다는 탤버트는 그녀의 의중을 꿰뚫고 만약의 경우를 대비시킨 다음 초청에 응하지요.

이러한 맥락의 글이 "한 여인의 친절"임을 안다면 당연히 백작 부인의 계략대로 탤버트가 사로잡혔느냐와 그가 그의 이름에 걸맞게 그러한 위기를 슬기롭게 극복했느냐에 우리의 관심이 모아집니다. 예상대로 그녀는 그가 집 안으로 들어오자 문을 닫아걸고는 그가 포로가 되었음을 선언합니다. 그녀는 말하지요. 이 성의 복도에는 탤버트의 초상이 걸려 있어 오래전부터 그의 그림자는 그녀의 노예가 되어 있었노라고. 이제 그의 실체도 같은 운명이라고. 왜냐하면 이제 곧 그의 팔다리를 사슬로 묶어 놓을 것이기에.

이에 탤버트는 눈도 깜짝 아니하고 오히려 호탕하게 웃으면서 그 이름만으로도 능히 프랑스를 떨게 할 만한 인물임을 입증하는 경탄할 대답을 합니다. "나는 나 자신의 그림자에 지나지 않소. 오해하지 마시오. 나의 실체는 여기에 있지 않습니다. 지금 부인이 보시는 건 그 당사자의 극히 작은 일부에 지나지 않소. 부인, 만약 그 전체가 여기 나타난다면 그 키는 하늘에 닿을 것이고 이 지붕 밑에는 도저히 다 들어오지 못할 겁니다"라고. 이 말의 뜻을 알아차리지 못하는 백작 부인이 "수수께끼 같은 소리를 하는 사람이군요. 당사자가 여기 있는데 없는 것이라 하다니. 그런 모순이 어디에 있는 것이요?"라고 반문하자 탤버트는 그걸 증명해 보이겠다며 뿔 나팔을 붑니다. 그러자 곧 북이 울리고 대포 터지는 소리가 나며 대기시켰던 병사들이 등장합니다. 이때 탤버트는 백작부인에게 "어떻습니까? 부인, 이제 아시겠습니까? 탤버트는 자신의 그림자일 뿐이라는 뜻을? 이 병사들이 곧 나의 지체요, 근육이요, 팔이요, 힘인 것이요. 이들을 가지고 곧 당신네의 모반의 목에 멍에를 씌우며 성을 공략하고 도시를 파괴하여 삽시간에 황무지로 만드는 것이요"라고 일러줍니다.

전장에서의 장수의 실체란 그 장수를 따르는 모든 병사들이지 자신은 그들의 그림자요 일부에 불과할 뿐이라는 말을 듣고 백작 부인은 탤버트는 소문에 들은 그대로의 장수임이 분명하며 그러한 인물에 걸맞는 예우를 하지 못한 자신의 잘못을 시인합니다. 그리고 용서를 구하지요. 말할 것도 없이 탤버트는 그녀를 용서하고 병사들과 함께 포도주와 진미를 대접 받습니다.

나의 사랑만은

Doubt thou the stars are fire,
　　Doubt that the sun doth move;
Doubt truth to be a liar,
　　But never doubt I love.

Hamlet 2.2.116-119

별이 불인 것을 의심하라,
태양이 움직이는 것을 의심하라.
진리가 거짓인 것을 의심하라,
그러나 나의 사랑만은 의심치 말라.

「햄릿」 2막 2장 116-119행

"나의 사랑만은"은 햄릿이 사랑하는 연인 오필리아에게 보낸 편지의 일부입니다. 우리가 『햄릿』을 읽노라면 햄릿은 진정으로 오필리아를 사랑한 것 같은데 어찌해서 그녀에게조차 미친 행세를 하는지, 또 얼마 뒤에는 자신은 실은 그녀를 사랑하지 않았었다며 죄인을 낳고 싶지 않거든 수녀원에나 가라며 그녀에게 걷잡을 수 없는 슬픔과 상처를 안겨 주었는지에 대한 의문이 생깁니다.

　　햄릿은 일차적으로 성스럽게 생각한 어머니가 아버지가 죽은 지 한 달도 채 안 되어 삼촌과 결혼하자 여성 전체에 대한 심한 실망과 배반감을 갖게 되었고, 이와 더불어 현재의 왕이 부왕인 아버지를 살해한 살인자라는 사실로 인해 천지조화의 걸작으로 보이던 인간은 먼지 중의 먼지요, 찬란하던 세상은 잡초 무성한 난장판으로 보게 되지요. 더구나 오필리아의 아버지 폴로니어스는 햄릿이 오는 복도에 오필리아를 서성이게 하여 햄릿을 우연히 만난 것처럼 꾸밉니다. 그리고 나서 그들 둘의 대화를 통해 햄릿이 무엇 때문에 미친 행세를 하는지 알아내려고 왕과 함께 숨어서 엿듣고 있었지요. 햄릿이 짐짓 이 사실을 알면서도 오필리아에게 아버지는 어디에 계시느냐고 묻습니다. 이에 오필리아는 집에 계신다고 거짓 대답을 하여 햄릿을 실망시킵니다. 이때 오필리아의 손에는 아버지가 들려 준 성서가 있었는데도 말이지요.

오필리아는 아버지의 말씀을 순순히 따르는 착한 효녀임에는 틀림이 없으나 사랑하는 사람의 깊은 의중을 캐고자 하는 왕과 아버지의 프락치가 되는 것은 거부할 수 있어야 했지요. 결국 햄릿은 자신을 의혹과 제거의 대상으로 보는 왕국 전체와 혼자 겨루어야 하는 처지가 된 것입니다. 극의 끝에 이르면 햄릿은 오필리아의 장례식에 나타나 그녀를 진정으로 사랑했노라고 그녀를 애도하는 오빠에게 거세게 항변합니다.

햄릿의 사랑

I loved Ophelia. Forty thousand brothers
Could not with all their quantity of love
Make up my sum.

Hamlet 5.1.269–271

난 오필리아를 사랑했다. 4만 명 오빠들의 사랑을
모두 합친다 한들 내 사랑에는 감히 따르지 못한다.

「햄릿」 5막 1장 269–271행

덴마크 왕인 형을 은밀히 살해하고 왕이 된 클로디어스는 형의 아들인 햄릿이 자신의 그러한 비밀 행위를 알고 있다고 판단하고는 친구 둘을 대동시켜 햄릿을 영국으로 보냅니다. 물론 영국 왕에게 그들이 도착하는 즉시 햄릿을 처단해 달라고 요청하는 밀서를 친구들 편에 들려서 보내지요. 영국으로 가는 항해 도중 그 밀서를 발견한 햄릿은 밀서 내용을 바꾸어 도착 즉시 밀서를 들고 가는 친구 두 녀석을 즉각 사형에 처해지게 해놓고는 자신은 우여곡절 끝에 덴마크로 돌아간다. 덴마크로 돌아간 햄릿은 친구 호레이쇼와 만나 묘지들이 있는 곳을 지나다 새 무덤 자리를 파고 있는 무덤지기에게 말을 건네던 중 왕과 왕비, 그리고 오필리아의 오빠 레어티즈가 뒤따르는 장례 행렬이 다가오자 몸을 숨기고 장례식을 지켜봅니다.

"햄릿의 사랑"은 이 장례식이 바로 오필리아의 장례식이요, 무덤지기가 파던 바로 그 무덤이 오필리아가 묻히는 무덤임을 알게 된 햄릿이 주저 없이 무덤으로 쫓아가 여동생의 죽음에 대한 비탄과 햄릿에 대한 분노로 절규하고 있는 레어티즈를 붙잡고 자신의 사랑을 강변하는 말입니다. 수많은 오빠들의 사랑을 다 합해본다 한들 오필리아를 사랑하는 자신의 사랑만큼 될 수 없다는 이 말은 햄릿의 광증 이면의 심중 깊은 곳에 자리 잡고 있었던 그녀에 대한 사랑이 어느 정도 깊었는가를 단적으로 잘 나타내 주고 있지요.

햄릿은 이 장례식장에서 오필리아에 대한 자신의 사랑이 그 어느 사랑과의 비교도 불허하는 깊고 큰 사랑이었음을 현실적으로 입증해 보이고 있습니다. 햄릿은 오필리아의 무덤에 뛰어들 때 느닷없이 나타난 그를 놀란 눈초리로 바라보는 좌중에게 "나는 바로 덴마크의 왕 햄릿이다"라고 자신의 정체성을 강하게 선포하며 뛰어듭니다. 햄릿을 죽이지 못해 안달하고 있는 왕이 호위 병사들과 바로 그 장례식 자리에 있었고 아버지와 여동생을 죽음에 이르게 한 햄릿에 대해 원한이 사무친 레어티즈 또한 함께하고 있는 그런 자리에 햄릿이 혈혈단신으로 몸을 드러낸다는 것은 예측불허의 위험을 무릅쓴 것이지요. 더구나 햄릿을 제거하려는 현재의 왕이 버젓이 있는 자리에서 감히 자신이 덴마크의 왕이라는 적통의 정체성을 선언한다는 것은 그야말로 불경을 넘어 대역죄가 씌워져 즉각 처형될 수도 있는 목숨을 건 행위입니다. 그래서 이 장례식 장면은 오필리아에 대한 햄릿의 사랑이 목숨을 걸 만큼 크나큰 것이었음을 실제적으로 보여주는 것이지요.

이 세상 전부

For you in my respect are all the world.
Then how can it be said I am alone,
When all the world is here to look on me?

A Midsummer Night's Dream 2.1.224-226

당신은 제게 이 세상 전부랍니다.
따라서 온 세상이 여기서 저를 쳐다보고 있는데
어찌 제가 이곳에 혼자 있다고 할 수 있겠어요?

「한여름 밤의 꿈」 2막 1장 224-226행

『한여름 밤의 꿈』을 보면 허미아는 라이샌더와 결혼하고
자 하여 아버지의 분노를 삽니다. 결혼에 있어서 아버지의 뜻을 따르지
않을 경우 아테네의 법에 따라 드미트리어스와 결혼을 하든지 아니면
사형을 당하는 위기에 처하지요. 라이샌더와 허미아는 이러한 아테네
의 법을 피해 아테네 부근의 숲으로 도주합니다. 그런데 이들의 도주는
또 다른 한 쌍을 숲으로 끌어들입니다. 드미트리어스는 허미아를 좋아
하고 허미아의 친구 헬레나는 드미트리어스를 사랑하는 관계라 헬레나
와 드미트리어스도 숲으로 가게 되지요. 허미아의 도주 사실을 알게 된
헬레나가 입을 다물고 있으면 그녀는 허미아의 행방을 알길 없는 드미
트리어스와 사랑을 이룰 수 있을 것 같은데 드미트리어스에게 도주 사
실을 알려준 것이지요. 헬레나가 현명했던 것입니다. 드미트리어스가
허미아를 찾아나서려면 그 장소를 알고 있는 헬레나의 안내가 필요하
고 선남선녀가 한여름 밤의 어스름한 달빛을 받으며 숲 속을 오가다 보
면 서로에 대한 감정이 자연스럽게 발동하여 자신의 사랑을 성사할 수

있다고 판단한 것이지요.

　달빛 어스름한 숲 속에 당도한 드미트리어스는 허미아를 찾아 헤매는 자신을 끈질기게 쫓아오는 헬레나에게 보배같이 귀한 처녀의 몸으로 이 한밤중에 마을을 떠나서 사랑해 주지도 않는 남자의 손에 함부로 몸을 맡기고 더구나 아무도 없는 이런 호젓한 숲 속에서 상대방이 무슨 나쁜 생각을 갖게 될지도 모르거늘 처녀다운 염치도 없느냐고 힐난합니다. 이에 대해 헬레나가 대답합니다. "당신의 덕 있는 품성이 나를 보호하니까요. 당신의 얼굴만 보면 밤이 아니랍니다. 그래서 지금도 밤이라고 생각되지 않아요. 그리고 이 숲 속에서 나는 결코 혼자이거나 무섭지 않아요"라고. 그러면서 덧붙이는 말이 "이 세상 전부"입니다. 그녀에겐 그녀가 사랑하는 드미트리어스가 이 세상 전부이고 지금 그러한 세상 전부가 자신을 바라보고 있기에 결코 혼자이거나 외롭지 않다는 멋지고 감동적인 표현을 하고 있습니다.

사랑을 하는 사람은

A lover may bestride the gossamer

That idles in the wanton summer air,

And yet not fall; so light is vanity.

Romeo and Juliet 2.6.18-20

사랑을 하는 사람은 변덕스러운 여름날에

바람에 흔들거리는 거미줄을 타더라도 떨어지지 않을 게야.

연인과 사랑은 그만큼 가벼운 것이거든.

「로미오와 줄리엣」 2막 6장 18-20행

줄리엣의 집에서 마련한 무도회에서 처음 만나 운명적인 사랑에 빠진 로미오와 줄리엣은 그날 밤 서로의 사랑을 확인하고는 줄리엣의 제안으로 결혼을 약속합니다. 로미오로부터 서로를 맺어 달라는 부탁을 받은 로렌스 신부는 주저함이 없지는 않았으나 이 젊은이들을 부부의 연으로 맺어 주면 두 집안의 오랜 원한과 싸움을 진정한 화해와 애정으로 돌아서게 해 줄 수도 있다는 기대감에 은밀히 주례를 서 주지요. 이때 로미오의 기쁨이 어느 정도 큰 것인가는 신부가 "하나님, 이 거룩한 식을 축복하시와 뒤에 슬픔을 가지고 우리를 책망 마옵소서"라고 간구하자 로미오가 "어떠한 슬픔이 닥쳐오더라도 그런 것은 그녀를 보는 순간에 일어나는 서로간의 기쁨에 당하진 못합니다"라고 대답하는 데서 잘 알 수 있습니다.

"사랑을 하는 사람은" 결혼을 하기 위해 신부와 로미오가 있는 곳으로 서둘러 오고 있는 줄리엣의 모습을 보고는 로미오가 반가움과 기

뿜에 들떠서 저렇게 가벼운 걸음걸이엔 저 딱딱한 바닥돌은 조금도 닳지 않을 것이라며 덧붙이는 말입니다. 로미오의 말대로 사랑의 기쁨은 그만큼 가벼운 것이어서 로미오의 마음을 나타내는 줄리엣의 걸음은 바람에 날리는 깃털처럼 가벼울 것이고, 설사 그들 둘이 변덕스러운 여름날 바람에 흔들리는 거미줄을 함께 탄다하더라도 서로 바라보는 순간에 일어나는 기쁨이 그 무엇에도 비견할 수 없는 정도여서 결코 그 거미줄에서 떨어지지 않겠지요.

그대의 고운 사랑

For thy sweet love rememb'red such wealth brings,
That then I scorn to change my state with kings.

The Sonnets 29

그대의 고운 사랑을 떠올리면 난 부귀에 넘쳐
지금의 내 처지를 제왕과도 바꾸려 아니 하노라.

「소네트집」 29

"그대의 고운 사랑"은 셰익스피어의 소네트 29의 마지막 2행(13-14행)으로 셰익스피어가 자신의 보잘것없는 처지와 무가치함, 즉 운명과 세상으로부터 버림받은 신세에 대한 우울한 상념이 그의 친구를 생각함으로써 어떻게 기쁨으로 전환되는가를 잘 묘사한 시입니다. 전문을 소개하면 다음과 같습니다.

　　운명과 세인의 눈에 천시되어,
　　혼자 나는 버림받은 신세를 슬퍼하고,
　　소용없는 울음으로 귀머거리 하늘을 괴롭히고,
　　내 몸을 돌아보고 나의 형편을 저주하도다.
　　희망 많기는 저 사람,
　　용모가 수려하기는 저 사람, 친구 많기는 그 사람 같기를.
　　이 사람의 재주를, 저 사람의 권세를 부러워하며,
　　내가 가진 것에는 만족을 못 느낄 때,

그러나 이런 생각으로 나를 거의 경멸하다가도

문득 그대를 생각하면, 나는

첫 새벽 적막한 대지로부터 날아올라

천국의 문전에서 노래 부르는 종달새,

그대의 고운 사랑을 떠올리면 난 부귀에 넘쳐

[지금의 내 처지를] 제왕과도 바꾸려 아니 하노라.

— 피천득 역

　시인은 세속적으로 실패했다고 여기며 운명의 여신은 자신을 버렸으며 세인으로부터 멸시받고 있다고 생각합니다. 그는 다른 사람의 생김새, 타인의 친구들, 남들의 타고난 재주와 능력, 뭇사람들의 권세를 부러워합니다. 그러나 친구를 생각하면 더 없는 기쁨과 위로가 그를 천국의 문전에서 노래 부르는 종달새처럼 천국의 행복으로 비상시켜 다른 사람들이 제왕의 삶을 산다 해도 그들과 자신의 처지를 바꾸지 않겠노라고 읊고 있습니다. 이 시는 친구의 우정은 한 사람을 제왕적인 삶을 살도록 이끄는 드높은 자부와 긍지, 그리고 풍요로운 세계를 안겨 줄 수 있음을 잘 보여주고 있습니다.

사랑 때문에

If thou rememb'rest not the slightest folly
That ever love did make thee run into,
Thou hast not loved.

As You Like It 2.4.32-34

사랑 때문에 저지른 바보짓을
자세히 기억하지 못한다면
당신은 사랑을 한 적이 없는 것이오.

「좋으실 대로」 2막 4장 32-34행

형을 추방하고 공작이 된 프레드릭은 형의 딸 로잘린드도 함께 추방하려고 합니다. 그러나 어려서부터 로잘린드를 친언니처럼 따르며 함께 자란 실리아가 언니 없인 못산다고 해서 둘을 궁에서 함께 지내게 하지요. 그러나 워낙 성품이 곱고 정숙한 로잘린드가 자신의 딸 실리아보다 더 칭송받고 자신의 딸이 그녀의 그늘에 가리어 빛을 발하지 못하는 게 싫어 드디어 로잘린드에게도 추방령을 내립니다. 그러자 언니를 워낙 좋아하는 실리아는 언니의 추방 길에 동행하기로 결심합니다. 그들은 로잘린드의 아버지가 있는 아든 숲으로 가기로 하나 처녀의 몸으로 그렇게 먼 곳까지 가는 것이 어렵고 더구나 여성의 아름다움은 황금보다 더 쉽게 도둑을 자극한다는 것을 알고 고민합니다. 결국 로잘린드의 아이디어로 로잘린드는 가니미드로 이름을 바꾸어 산중의 소년같이, 실리아는 엘리너라고 이름을 바꾸고 양치는 소녀같이 변장을 하고 어릿광대 터치스톤을 데리고 아든 숲에 이릅니다.

아든 숲에 이르러 로잘린드 일행이 먼 길의 여로에 지쳐 앉아 쉬고 있는데 늙은 양치기 코린과 젊은 양치기 실비어스가 심각한 얘기를 나누며 나타나고 일행은 그들의 대화를 엿듣게 됩니다. "사랑 때문에"는 양치기 처녀 피비에 빠져 사랑의 열병을 앓고 있는 실비어스에게 코린이 자신도 여자를 사랑해 본 적이 있어 그 심정을 이해하며 이제는 다 잊어버렸지만 사랑에 끌려 터무니없는 바보짓을 무수히 해보았다고 말하자 이에 대해 실비어스가 응대하는 말입니다. 실비어스에게는 사람이 사랑 때문에 저지른 바보짓을 샅샅이 기억하지 못한다면 그것은 사랑을 해본 게 아니라는 것이지요. 혹은 사랑했다고 하려면 애인의 칭찬으로 듣는 사람을 싫증나게 해줄 정도였어야 하고 사랑의 열정에 별안간 함께하고 있던 친구들로부터 뛰쳐나가는 그런 정도는 되었어야 한다고 말합니다.

더 재미있는 것은 그들이 사라지자 로잘린드, 실리아와 함께 그들의 대화를 엿들은 어릿광대 터치스톤이 그 두 여성에게 자신도 잊혀지지 않는 사랑의 과거가 있노라고 한마디 거드는 것이지요. 연애 시절 자신이 사랑하던 제인의 빨래 방망이는 물론 그 애가 터서 갈라진 예쁜 손으로 짠 젖소의 젖통에도 다 키스를 했고 완두 깍지를 그 애로 가상하여 구애하고, 그 깍지에서 알맹이 두 개를 빼내서는 도로 넣어 놓고는 눈물을 쏟으면서 자기를 위해 그걸 간직하고 있으라고 말했다는 것입니다. 그가 하는 말을 듣노라면 광대 바보가 사랑 때문에 우스꽝스러운 짓을 했던 것을 기억하고 정말 사랑하는 사람은 묘한 바보짓을 다한다는 것을 바보 자신의 입으로 말하고 있어 사랑으로 인한 어리석음과 맹목성이 더욱 코믹하게 다가옵니다.

사랑이 깊어지면

Where love is great, the littlest doubts are fear;
Where little fears grow great, great love grows there.

Hamlet 3.2.175-176

사랑이 깊어지면 사소한 염려도 두려움이 된답니다.
작은 두려움이 커져 가면
사랑도 더욱더 깊어져 가는 법이랍니다.

「햄릿」 3막 2장 175-176행

햄릿은 유령에게 현재의 왕인 삼촌이 부왕인 아버지를 살해했다는 말을 듣습니다. 그리고 이 말의 진위를 확인하기 위해 유랑극단을 시켜 전래해 오는 이와 비슷한 이야기인 "쥐덫"을 왕과 어머니인 왕비, 오필리아, 그리고 궁정인들 앞에서 공연하게 하지요. 범죄인은 자신이 저지른 범행과 같은 범행이 재현되고 있는 것을 보면 놀라게되어 있음을 이용한 것입니다. 물론 삼촌은 놀라 공연을 중단시켰고 햄릿은 삼촌이 죽였음을 확신하게 됩니다.

햄릿이 일부 수정하고 손질한 극중극인 "쥐덫" 공연이 시작되면 극중 왕비가 극중 왕에게 왕께서 최근 병환이 나셔서 기력이 예전 같지 않아 염려된다고 근심 서린 말을 올립니다. 극중 왕비는 그녀가 염려한다고해서 조금도 언짢게 생각하지 마시기를 청한 다음, 원래 여자는 사랑할수록 염려하게 마련이어서 애정이 없으면 염려도 없고 애정이 크면 염려도 그만큼 크다고 하면서 "사랑이 깊어지면"을 말합니다.

극중극인 "쥐덫"에서 극중 왕과 극중 왕비는 햄릿의 돌아가신 아버지와 현 어머니의 재현이기에 극중극의 공연은 현재의 왕과 왕비에게 그들 자신을 비추는 거울을 들어 보이는 것입니다. 햄릿은 극중 왕과 왕비가 나누는 애정 깊은 대화와 모습을 연출시킴으로써 삼촌인 현재의 왕에게는 양심의 가책을, 현재의 왕비인 어머니에게는 그녀가 스스로 어떠한 사랑을 배반하며 살고 있는가에 대한 고통스러운 자각을 불러일으키는 것이지요.

남자들에겐

There's no trust,

No faith, no honesty in men; all perjured,

All forsworn, all naught, all dissemblers.

Romeo and Juliet 3.2.85–87

남자들에겐 신뢰도 믿음도 정직도 없는 법이에요.

모두가 다 거짓 맹세하고, 툭하면 맹세를 깨뜨리는

그야말로 아무것도 아닌 사기꾼들이지요.

「로미오와 줄리엣」 3막 2장 85–87행

줄리엣은 비밀리에 로렌스 신부의 주례로 로미오와 결혼한 뒤 밤에 그녀의 침실에서 신혼 첫날밤을 보내기로 약속하고는 집으로 돌아옵니다. 집으로 돌아온 줄리엣은 명절 전날 밤에 새 옷을 받아 놓고서도 입어보지 못 하는 어린애처럼 밤과 로미오가 오기를 애타게 기다리지요. 그런데 유모가 와서 줄리엣의 사촌오빠 티볼트가 로미오에게 살해당하고 로미오는 만투아로 추방당했다는 청천벽력 같은 소식을 전해줍니다. 이 경악스러운 소식에 줄리엣은 정신을 잃은 듯 외칩니다. "아, 꽃 같은 얼굴에 감춰진 독사의 마음이로다! 용이 그렇게 아름다운 굴 속에 산 예가 있던가? 어여쁜 폭군, 천사 같은 마귀, 비둘기 깃을 단 까마귀, 늑대같이 잔인한 양의 새끼로다! 모습은 신 같으나 마음은 천한 근성, … 고결한 불한당! 아, 조화의 자연아, 마귀의 혼을 세상의 낙원처럼 아름다운 육체 속에 담아 넣느라고 얼마나 애 썼니? 그렇게도 더러운 내용의 책이 그렇게도 아름답게 제본된 예도 있었던가? 아, 그토록 눈부신 대궐 안에 그런 허위가 살고 있었을 줄이야!"

"남자들에겐"은 이러한 줄리엣의 비탄의 소리를 듣고 그녀와 로미오 사이를 오가며 둘의 결혼을 성사시킨 그녀의 유모가 건네는 말입니다. 사실 로미오는 티볼트와 자신의 친구 머큐쇼가 싸우는 것을 뛰어들어 말리다가 그만 머큐쇼가 티볼트의 칼에 맞아 죽자 이에 대한 분개심으로 티볼트와 결투해 그를 죽이게 된 것이지요. 이러한 상황을 알 길 없는 줄리엣으로서는 사랑, 배신, 분노, 두려움 등 형언할 수 없는 중첩된 감정이 폭발하는 것은 당연하지요. 그러나 줄리엣의 로미오에 대한 사랑은 변함이 없었고 로미오 또한 유모의 말과는 달리 줄리엣에 대한 사랑을 죽음으로 지켜내지요. 그들의 사랑은 진실한 마음의 결합이었고, 변할 이유가 생겼다고 변하는 사랑은 사랑이 아니요, 누가 방해한다고 달라지는 사랑은 사랑이 아님을, 다시 말해 사랑은 폭풍을 겪어도 동요를 모르는 영원히 변치 않는 지표임을 숭고하게 보여줍니다.

오, 사랑이란

O powerful love, that in some respects makes
a beast a man; in some other, a man a beast.

The Merry Wives of Windsor 5.5.4–5

오, 사랑이란 참으로 대단하구나!
때로는 짐승을 사람으로 만들어 놓고,
때로는 사람을 짐승으로 만들어 놓으니 말이야.

「윈저의 명랑한 아낙네들」 5막 5장 4–5행

『헨리 4세』에는 셰익스피어가 창조해낸 영문학사에서 가장 생동감 넘치는 호언장담과 해학의 희극적인 인물 포올스태프가 등장합니다. 뚱뚱보에 허풍쟁이인데다가 술주정꾼으로 이스트칩에 있는 선술집을 본거지로 삼고는 패거리들과 도둑질에 술과 호색을 일삼는 불한당이지요. 이 포올스태프 무리에 장차 영국의 명군 헨리 5세가 될 헨리 4세의 아들, 왕자 핼이 합세하여 그들과 휩쓸려 다니며 왕과 대신들의 근심을 자아냅니다. 재미있는 것은 왕자 핼보다 포올스태프의 순발력 있는 유머와 순간적인 재치가 훨씬 뛰어나며 비록 선술집 그룹이 보여주는 삶의 모습이 다소 도덕에 벗어나기는 하나 권력과 음모, 술수와 배신, 찬탈과 숙청의 궁정 세계와 대비되어 훨씬 건강한 세계로 다가옵니다. 셰익스피어의 다른 작품에 나오는 악한들과 마찬가지로 포올스태프는 사회적인 도덕과 규범에서 벗어나 있고 넘치는 생명력에 유머가 탁월하며 자기 자신이 누구인가를 정확히 인지하고 있지요. 이러한 그를 중심으로 한 선술집 무리들이 펼치는 종횡무진하고 변화무

쌍한 활약으로 인해 사극의 무거운 분위기에 독특한 희극적인 재미와 통쾌한 디오니수스적인 즐거움을 제공합니다.

　"오, 사랑이란" 구절이 담긴 『윈저의 명랑한 아낙네들』은 『헨리 4세』를 관람한 엘리자베스 여왕이 그 극에 등장한 포올스태프에 감명 받아, 사랑에 빠져 우스꽝스럽게 당하는 희화화된 포올스태프의 모습을 보고 싶으니 그런 극을 한 편 써 달라고 요청을 하자 셰익스피어가 이를 받아들여 2주 만에 완성했다고 전하는 유쾌한 희극입니다. 이 극에서 포올스태프는 명랑하지만 정숙한 윈저의 포드 부인과 페이지 부인에게 수작을 걸기 위해 두 여성에게 동시에 똑같은 내용의 사랑의 편지를 보냅니다. 포올스태프의 평소 행동을 못마땅하게 여기던 두 부인은 서로 편지를 대조해 그의 음흉한 수작을 확인하고는 이를 혼내줄 심산으로 포드 부인이 그를 그녀의 집으로 초청합니다. 포올스태프가 방문하자 페이지 부인은 포드가 집으로 돌아온다는 긴급 소식을 전하고 이를 구실로 포드 부인은 포올스태프를 미리 만들어 놓은 빨래 광주리에 숨게 하지요. 그러고 나서 하인들을 시켜 빨래 광주리를 강물에 내다버리게 합니다.

빨래감과 함께 진흙의 강물에 쳐넣어지는 처참한 망신을 당한 포올스태프는 분을 삭이지 못합니다. 그러나 포드 부인은 좀더 혼을 내줄 계획으로 그가 그녀를 용서하고 남편이 사냥을 간 뒤에 다시 찾아주면 속죄하겠노라며 다시 초청을 하지요. 포올스태프는 그녀의 말을 믿고 포드 부인을 찾아옵니다. 그러나 또다시 페이지 부인이 포드가 둘의 밀회를 어떻게 알고 마을 사람 모두를 데리고 집으로 오고 있다고 전합니다. 이번에는 광주리에 숨기는 방법이 아닌 식모의 고모인 브레인퍼드 할머니로 변장을 시켜 빠져나가게 하지요. 이때 부인을 의심하며 들어서던 포드가 마침 이 할머니를 몹시 싫어하던 터라 재수 없는 늙은 마귀할멈이 자기 집에 왔다며 몽둥이로 두들겨 패며 쫓아냅니다.

그날 밤 두 부인은 지금껏 일어났던 일의 자초지종을 남편들에게 털어놓고 모두 합세하여 포올스태프를 한 번 더 곯려줄 계획을 세웁니다. 그가 한밤중에 윈저 숲의 거대한 오크 나무 아래로 사슴뿔을 단 사냥꾼 헌으로 분장하여 나타나면 두 부인이 그를 알아보고 만나기로 약속합니다. 물론 그는 요구한 모습으로 윈저 숲에 가고 거기서 두 내외가 요정의 무리로 분장시킨 아이들과 주위 사람들에게 에워싸여 혼이 납니다.

두 부인과 남편들은 포올스태프의 정체를 폭로하고 잔뜩 망신과 무안을 줌은 물론 그동안의 행위를 나무란 다음 그를 용서해 주지요.

"오, 사랑이란"은 한밤중에 윈저 숲에 머리에 사슴뿔을 달고 등장한 포올스태프가 포드 부인과 페이지 부인을 기다리며 혼자 내뱉는 말입니다. 그 옛날 제우스 신도 레더에게 반했을 때 백조가 되었음을 상기하면서 신조차 하마터면 거위가 되고 말 뻔한 걸 보면 사랑은 가히 전지전능하다고 말하지요. 그는 제우스가 황소로 둔갑해서 과오를 범했고 그 다음에는 날짐승의 모습으로 과오를 범했음을 지적하면서 신들조차 사랑의 정열로 애태우는 판인데 무력한 인간들은 대체 어떻게 해야 좋겠느냐며 달아오른 욕정을 삭힐 수 있게 해달라고 신들에게 간청합니다. 자신 역시 사랑으로 인해 윈저의 사슴이 되고 말았으며 그것도 윈저 숲에서 가장 살찐 사슴이 된 것이라고 덧붙이면서.

*Good Morning
Shakespeare*

Good Morning Shakespeare

3

장미에는 가시가

장미에는 가시, 맑은 샘물에도 진흙,
구름과 일식 월식은 달과 해를 가리고,
아름다운 꽃봉오리 속에 징그러운 벌레가 사느니.
사람인들 실수가 없을소냐, 나도 그렇도다.

겉모습과 실제

All that glisters is not gold;

Often have you heard that told.

Many a man his life hath sold

But my outside to behold;

Gilded tombs do worms infold.

The Merchant of Venice 2.7.65–69

반짝이는 것이라고 모두 금이 아니랍니다.

그건 흔히 들어오신 말.

수많은 사람들이 자신의 목숨을 팔았지요.

단지 나의 외양만 바라보다가 말입니다.

황금 장식의 무덤 속에는 구더기가 들어 있는 것을요.

「베니스 상인」 2막 7장 65~69행

『베니스 상인』의 여주인공 포오샤는 자신이 좋아하는 신 랑을 선택할 자율권이 없습니다. 죽은 아버지가 금궤와 은궤 그리고 납 궤를 마련하고 그중 한 상자 안에 딸의 초상화를 넣은 다음 이 초상화 가 들어 있는 상자를 고르는 남자와 결혼하라는 유언을 남겼기 때문입 니다. 각 상자에는 글이 새겨져 있는데 첫째 금궤에는 "나를 고르는 자 는 만인이 소망하는 것을 얻으리라", 둘째 은궤에는 "나를 고르는 자는 신분에 응당한 것을 얻으리라", 마지막 납궤에는 "나를 고르는 자는 전 재산을 내놓고 운명에 걸게 되리라"는 것이었습니다.

　　"겉모습과 실제"는 모로코 왕이 금궤를 선택하자 초상화 대신 족자 하나가 나오는데 그 족자에 쓰여진 문구입니다. 모로코 왕의 탈락에 이 어 에러곤 왕 역시 은궤를 선택하여 탈락하지요. 마지막으로 남자 주인 공 바사니오가 포오샤의 재치 있는 도움으로 납궤를 선택하여 포오샤 와 결혼하게 됩니다. 그 납궤에는 포오샤의 초상화와 함께 쪽지가 들어 있는데 "눈으로 고르지 않는 사람은 늘 행복하고 옳게 고른다. 이제 만족하고 새 것을 찾지 말라. 이제 이를 기뻐하고 이 행복을 하늘이 내린 복으로 여긴다면 저 여인에게로 가서 사랑의 키스를 하고 구혼을 하라"는 친절한 글이었습니다.

진실

'Tis not the many oaths that makes the truth,

But the plain single vow that is vowed true.

All's Well That Ends Well 4.2.21-22

수없는 맹세를 한다고 진실이 되는 것이 아니라

단 한 번의 맹세라도 진심으로 할 때 진실이 되는 것이랍니다.

「끝이 좋으면 모두 좋다」 4막 2장 21-22행

셰익스피어의 희극을 보면 여성에게 사랑을 구애하는 남성들은 하나같이 사랑의 맹세를 늘어놓습니다. 그럴 때마다 여성들은 그들의 보장되지 않는 맹세의 허위성을 인식하고 제동을 걸지요. 마찬가지로, 『끝이 좋으면 모두 좋다』에서도 주인공 버트럼은 자신의 부인 헬레너에 대한 의무를 저버리고 과부의 딸 다이애너를 유혹합니다. 다이애너에게 "당신을 위해서라면 언제까지고 무슨 일이고 하겠소"라며 사랑의 맹세를 하지요. 이때 다이애너는 "그거야 그러시겠죠. 이쪽이 쓸모가 있을 때까지는. 하지만, 장미꽃을 따버리고 스스로 자기 자신을 찌르는 가시만 남게 해놓고는 빛도 향기도 없다고 조롱할 것이 뻔하지 뭐예요"라며 응수합니다. 자신의 사랑은 지금이나 다름없이 영원히 변치 않을 것이라고 하는 버트럼의 맹세가 여성들로 하여금 몸을 내던지게 하기 위해 남성들은 아찔한 절벽가에 밧줄을 걸어 놓는다는 다이애너의 통찰력 있는 예지 앞에 그 진실성을 잃으며 무력해집니다. 맹세에 진심이 서려야 함은 사랑에서뿐만 아니라 인간의 사회 활동 모든 분야에서 요구되지요.

장미에는 가시가

Roses have thorns, and silver fountains mud,
Clouds and eclipses stain both moon and sun,
And loathsome canker lives in sweetest bud.
All men make faults, and even I in this.

The Sonnets 35

장미에는 가시, 맑은 샘물에도 진흙,
구름과 일식 월식은 달과 해를 가리고,
아름다운 꽃봉오리 속에 징그러운 벌레가 사느니.
사람인들 실수가 없을소냐, 나도 그렇도다.

「소네트집」 35, 피천득 역

셰익스피어는 154편의 소네트(14행의 시)를 지었고 각 소네트에는 번호가 매기어져 있습니다. "장미에는 가시가"는 소네트 35번에 나오는 2행에서 5행까지로 전문은 다음과 같습니다.

　　그대가 한 일을 더 슬퍼하지 말라.

　　장미에는 가시, 맑은 샘에도 진흙,

　　구름과 일식 월식은 달과 해를 가리고

　　아름다운 꽃봉오리 속에 징그러운 벌레가 사느니.

　　사람인들 실수가 없을소냐, 나도 그렇도다.

　　이렇게 비교하여 그대의 잘못을 용인하고,

　　그대의 죄를 무마함은 나를 더럽히는 것이요,

　　그대의 죄를 변호함은 그 죄보다 더한 것이라.

　　그대의 죄 관능죄에 이성을 적용하여,

　　그대를 고발한 자 그대의 변호인이 되도다.

나 자신에 대하여 논고를 시작하노라.

사랑과 미움은 내란을 일으키고,

　나는 공범이 될 수밖에 없노라,

　무정하게 내 것을 뺏은 고운 도둑의.

— 피천득 역

이 시는 사람이 저지른 잘못을 자연현상과 비교하여 변호하고 용서하고자 하는 내용입니다. 맑은 샘물은 진흙에 더럽혀지기 쉽고 달과 해는 구름에 의해 가리어지며, 장미의 아름다움에는 가시가 놓여 있는가 하면 꽃봉오리 속에는 혐오스러운 벌레가 살아 그 아름다움을 해치듯이 모든 인간은 자연과 같이 결점을 가지고 있음을 일깨웁니다.

사랑의 마력에 사로잡힐 때

If ever, as that ever may be near,
You meet in some fresh cheek the power of fancy,
Then shall you know the wounds invisible
That love's keen arrows make.

As You Like It 3.5.28-31

만약에 머지않은 장래에 그대가 어떤 싱싱한 뺨을 보고
사랑의 마력에 사로잡힐 때, 사랑의 날카로운 화살이
입히는 눈에 보이지 않는 상처를 알게 될 것이요.

「좋으실 대로」 3막 5장 28-31행

셰익스피어의 극은 비극과 희극 모두 극의 진행 과정이 문명세계에서 조야한 자연세계로 이동하였다가 다시 문명세계로 되돌아가는 순환적인 구조를 보입니다. 특히 낭만희극에서 이러한 자연세계는 숲으로 나타나며 궁정에서 발생한 등장인물들의 분규나 갈등은 이 숲에서 희극적으로 해결됩니다. 그런 다음 극은 다시 원래의 궁정세계로 되돌아가는 움직임을 보여주지요. 낭만희극에서 이러한 치유적인 기능을 하는 대표적인 숲이 『좋으실 대로』의 아든 숲입니다. 이 아든 숲에는 동생에게 공작 자리를 찬탈당하고 쫓겨 온 전 공작 일행이 와서 머무르고 있고, 그 얼마 뒤 전 공작의 딸인 여주인공 로잘린드 역시 추방당해 남장을 하고는 찬탈자인 현 공작의 딸 실리아와 함께 이 숲으로 옵니다. 극이 진행됨에 따라 모든 등장인물들이 이 숲으로 이동하고 로잘린드의 탁월한 재치와 연출 능력으로 세 쌍이 결혼하게 되는 행복한 결말을 보게 되지요.

이 아든 숲에는 그곳에서 생활해 온 양치기 소년과 소녀가 있습니다. 실비어스와 피비이지요. 양치기 실비어스는 양치기 소녀 피비를 몹시 사랑하여 열심히 쫓아다니며 구애하나 박정히 거절당합니다. 실비어스는 무릎을 꿇고 천한 사형 집행인도 사형에 익숙해져 맘은 돌같이 돼 있으나 수그린 목에 도끼를 갖다댈 때는 먼저 용서를 청하는데 어찌 핏방울로 밥을 빌어먹는 사형 집행인보다 더 무자비할 수 있느냐며 애걸하지요. 피비는 대답합니다. 실비어스의 사형 집행인이 되고 싶지 않기에 그를 피하는 것이라고. 그리고 덧붙여 말하기를 그가 그녀에게 그녀의 눈엔 살생의 힘이 있다고 하지만 그녀의 보드라운 눈이 그에게 입혔다는 상처를 내보여 보라고. 바늘에 긁히기만 해도 그 자국은 남는 법이지만, 그녀의 눈은 그를 쏘아보아도 상처를 내지 않을 뿐만 아니라 상처를 낼 힘이 없노라고. 이에 대해 실비어스가 하는 말이 "사랑의 마력에 사로잡힐 때"입니다.

신화에서 큐피드의 사랑의 화살은 바라보는 눈길이고 사랑은 그 눈길이 서로 닿음으로써 시작되는 것이지요. 사랑하는 사람의 눈은 한없이 부드러우나 그 눈길의 마력은 몹시도 날카로워서 그것이 입히는 보이지 않는 상처는 말할 수 없이 깊고 아픈 것이지요. 실비어스 말대로 피비 역시 사랑의 마력에 사로잡히면 그때는 사랑의 예리한 화살이 입히는 눈에 보이지 않는 상처를 알게 되겠지요.

사랑에 빠지면

Love is blind, and lovers cannot see
The pretty follies that themselves commit.

The Merchant of Venice 2.6.36-37

사랑에 빠지면 눈이 멀기에, 연인들은
스스로 저지르는 어리석은 일들을 볼 수가 없는 게지요.

「베니스 상인」 2막 6장 36-37행

여주인공 포오샤의 명판결로 유명한 『베니스 상인』은 법과 재판의 문제를 다루기도 하지만 기본적으로는 남녀의 사랑 이야기가 주축을 이루는 극이지요. 이 극은 세 쌍의 로맨스를 다루는데 그중 하나가 청년 로렌조와 샤일록의 외동딸 제시카가 나누는 사랑입니다. "사랑에 빠지면"은 제시카가 로렌조와 사랑에 빠져 그의 도움을 받아 그녀의 아버지 집에서 아버지가 목숨보다 귀하게 여기며 모은 돈과 귀금속을 훔쳐 상자에 가득 넣고는 로렌조와 도망치면서 하는 말입니다. 자신은 사랑에 눈이 멀어 지금 하는 도둑질과 도주가 얼마나 어리석은 배은의 짓인지 보지 못한다는 것이지요. 그녀가 사랑에 눈이 어두워져 심지어 엄마가 아버지에게 준 반지마저 훔쳐가지고 달아나는 것을 보면 사람이 사랑에 빠지면 어느 정도로 어리석고 맹목적이 되는지 알 수 있습니다. 재미있는 것은 로렌조가 친구들에게 자신은 제시카를 진심으로 사랑하는데 그 이유는 첫째 현명해서이고, 둘째 예뻐서이고, 셋째 진실해서라고 말합니다. 그런데 그녀가 사랑에 빠져 아버지의 재산을 훔쳐

달아나는 행위는 현명하지도 않고 예쁘지도 않고 진실하지도 않은 것이지요. 사랑은 그만큼 사람을 바보로 만들기도 합니다.

4월과 12월

Men are April when they woo,

December when they wed.

Maids are May when they are maids,

but the sky changes when they are wives.

As You Like It 4.1.143–145

남자들이란 청혼할 때는 화창한 4월이지만

일단 결혼을 하고 나면 눈보라 매서운 12월이 되어버리지요.

여자 역시 처녀 땐 따사한 5월이지만

결혼해서 부인이 되어 버리면 날씨가 바뀌어 버린답니다.

「좋으실 대로」 4막 1장 143–145행

『좋으실 대로』의 여주인공 로잘린드는 아버지의 자리를 찬탈한 현 공작인 작은 아버지의 추방령을 받아 남장을 하고는 이름도 남자 이름인 가니미드로 바꾼 뒤 아든 숲으로 피해 갑니다. 거기서 추방 전에 잠깐 만났던 연인 올란도를 다시 만나지요. 그러나 자신을 가니미드라 부르며 남장을 풀지 않은 채 올란도의 사랑의 열병을 치료해 준다는 구실로 로잘린드의 역할을 자처합니다. 올란도는 이를 받아들여 로잘린드를 대하듯 가니미드를 연인으로 대합니다.

　　로잘린드가 올란도를 만나는 즉시 변장을 풀 수도 있었지만 극이 끝나기 직전까지 그리하지 아니한 데는 이유가 있습니다. 올란도가 다른 남성과 마찬가지로 그에게도 익숙해져 있는 여성을 이상화하는 전통적인 사유방식을 벗어나게 해서 올바른 남녀관계를 정립하고 난 다음 결혼코자 하는 현명한 의도가 있었던 것이지요.

　　로잘린드가 올란도에게 아내로 삼은 후 얼마 동안이나 같이 살겠느냐고 묻자 올란도는 "영원히 하루도 빼지 않고"라고 대답합니다. 이에 대해 로잘린드는 "영원히"는 빼고, "하루"만이라고 말하라고 응수하면서 덧붙이는 말이 "4월과 12월" 문구입니다. 그녀는 말합니다. 총명한 여자일수록 종잡을 수 없이 변덕이 심한 법이라고. 그리고 이웃집 남자와 바람피우고는 그 죄를 자기 남자에게 뒤집어씌울 줄 모르는 여자는 자식을 기르지 말게 해야 한다고 합니다. 그것은 그런 여자는 자식을 바보 천치로 길러 놓을 것이기 때문이랍니다. 여자를 남자 이상도 그 이하도 아닌 동일한 인간으로 대해 줄 것을 교육시키고 있는 것이지요.

절도 있는 사랑

The sweetest honey

Is loathsome in his own deliciousness

And in the taste confounds the appetite.

Therefore love moderately: long love doth so;

Too swiftly arrives as tardy as too slow.

Romeo and Juliet 2.6.11–15

가장 달콤한 꿀은 그 단맛 때문에 싫어지게 되고

또 맛을 보고 나면 입맛도 버리게 되느니라.

그러니 절도 있게 사랑 하거라. 오래가는 사랑은 그런 거니까.

급히 가는 것은 천천히 살펴 가는 것 이상으로 더디니라.

「로미오와 줄리엣」 2막 6장 11–15행

로잘린을 사모하여 가슴앓이를 하고 있던 로미오에게 친구들은 줄리엣 집에서 마련한 무도회에 로잘린도 올 것이니 가서 보자고 권합니다. 그런데 무도회에서 줄리엣을 보는 순간 로미오는 치명적인 사랑에 빠지게 됩니다. 줄리엣 역시 첫 만남에 로미오와 사랑에 빠지고 무도회가 끝날 무렵 그가 누구인지 알고는 "모르고 너무 일찍 보아버렸고, 알고 보니 이미 늦었구나! 미운 원수를 사랑해야 하다니! 앞날이 염려되는 사랑의 탄생이구나!"라며 탄식합니다.

그들의 사랑이 비극적으로 운명지어져 있기도 했지만 그러한 비극으로 치닫게 한 가장 큰 요인은 사랑을 이루어 감에 있어 그들이 매우 무모했고 성급했다는 데 있습니다. 무도회가 끝나고 그날 밤 담을 타넘고 들어온 로미오가 줄리엣에게 하는 사랑의 맹세는 줄리엣 스스로 지적하듯이 '저것 보라'고 말할 새도 없이 사라져버리는 번갯불처럼 너무도 갑작스러웠던 것이지요. 앞날이 염려되는 사랑의 탄생인 만큼 더더

욱 신중하고 천천히 살폈어야 했지요. "절도 있는 사랑"은 로렌스 신부
가 로미오와 줄리엣이 결혼하기 전 로미오에게 해주는 충고입니다.

그녀를 믿노라

When my love swears that she is made of truth,
I do believe her though I know she lies.

The Sonnets 138

내 사랑하는 여인이 자신은 오직 진실 그 자체라고 맹세할 때
나는 그녀가 거짓말을 하는 줄 알면서도 그녀를 믿노라.

「소네트 집」 138

내 사랑하는 여인이 자신의 진실됨을 맹세할 때 그 말이 거짓인 줄 알면서도 그녀를 믿는 것은 그녀에 대한 사랑이 그만큼 깊어서이거나 아니면 그리해야 하는 나름대로의 이유가 있어서이겠지요. "그녀를 믿노라"는 셰익스피어의 소네트 138번의 첫 두 행으로 전문을 보면 셰익스피어라는 시인이 왜 거짓말하는 연인을 믿는지에 대한 나름의 답을 보여주고 있습니다.

　　내 애인이 자기는 진실의 화신이라고 말할 때
　　거짓말하는 줄 알면서도 나는 믿노라.
　　이 세상의 기교 있는 거짓을 모르는 어수룩한 젊은이로
　　그녀가 나를 생각하게 하도록.
　　내 한창 시절이 지났음을 그녀가 알고 있는데도,
　　그녀가 나를 젊게 여긴다고 헛된 생각을 하면서
　　나는 바보인양 그녀의 거짓말을 믿노라.

이리하여 양편의 솔직한 진실은 억압되었어라.

왜 그녀는 거짓이란 말을 아니 하는고?

그리고 왜 나는 늙었다고 말하지 않는고?

아, 사랑의 최상의 습관은 믿는 체하는 데 있고,

사랑하는 연장자는 나이를 말하기 싫어하는 법이라.

그러므로 나는 그녀 속이고 그녀는 나 속이고

거짓말로 허물을 감추노라.

— 피천득 역

셰익스피어는 사랑하는 여인이 하는 말이 정직하다고 믿지 않습니다. 그럼에도 불구하고 그는 그가 속아 주어야 그녀가 시인 자신을 어리석으며 세상의 교묘한 거짓을 모르는 젊은이로 여길 것이라고 밝힙니다. 시인은 사랑의 최상의 습관은 믿어 주는 데 있고 나이 든 연인은 나이를 말하기 싫어함을 알기에 진실을 감추고 속이는 것도 사랑의 한 방법이요, 거짓 또한 서로의 허물을 감추어 사랑의 관계를 유지하게 해 주는 한 방편임을 읊고 있습니다.

이 넓은 세계라는 무대

Thou see'st we are not all alone unhappy:

This wide and universal theater

Presents more woeful pageants than the scene

Wherein we play in.

As You Like It 2.7.135-138

자네도 보다시피 불행한 것은 우리만이 아닐세.

세계라는 이 넓디넓은 무대는 우리들이 맡아 연기하고 있는

장면보다 훨씬 더 비참한 광경들을 보여주고 있지 않은가.

「좋으실 대로」 2막 7장 135-138행

극작가인 셰익스피어는 기본적으로 세상을 하나의 무대로 보며 세상에 사는 사람들은 남녀 모두 한갓 배우들에 불과하다고 봅니다. 무대에서 자기가 맡은 시간에는 우쭐대고 안달하지만 그것이 끝나면 더 이상 들리지도 않고 잊혀지고 마는 가련한 배우라는 것이지요. 더구나 연극배우들은 감독이 적합성을 판단하여 정해준 배역대로 최선을 다해 연기해야 하듯이 우리 인간도 신이라는 감독이 고려하여 정해준 대로 배역을 맡은 것으로 주어진 역할에 최선의 연기를 해야 하는 것이지요. "이 넓은 세계라는 무대"는 세상이라는 무대에는 나보다 나은 배역을 맡은 자도 많지만 내가 맡아 연기하고 있는 장면보다 훨씬 비참한 광경을 연출해야 하는 가련한 배우들도 많음을 일깨우며 삶의 위로와 격려를 주고 있습니다.

좋고 나쁨이란

There is nothing either good or bad,
but thinking makes it so.

Hamlet 2.2.254-255

원래 좋은 것이니 나쁜 것이니 하는 건 없는 것인데
단지 생각이 그렇게 만들 뿐이라네.

「햄릿」 2막 2장 254-255행

이 글은 어느 날 갑자기 보이기 시작하고 있는 햄릿의 광증의 원인을 알아내라는 왕의 사주를 받고 햄릿을 찾아온 친구 길덴스턴과 로젠크랜츠에게 햄릿이 하는 말입니다. 이 말과 함께 햄릿은 또한 자신은 작은 호두알 속에 갇혀 있다 해도 자기 자신을 무한한 공간의 제왕이라고 생각할 수 있다고 했습니다.

셰익스피어는 햄릿을 통해 좋은 것과 나쁜 것이 원래부터 있는 것이 아니라 나의 생각이 지어내는 것일 뿐이며 세상은 우리가 어떻게 바라보느냐에 따라 낙원도 되고 실락원도 된다는 것을 일깨웁니다. 셰익스피어의 이러한 생각은 상당히 불교적인 사유와 상통하는 것으로 "좋고 나쁨이란"의 문구는 중국 선종의 초대 조사인 달마 대사에 이어 선종의 제2조사가 된 혜가 선사와 그의 제자가 주고받는 다음의 선문답에서 혜가 선사가 일깨운 가르침을 단 한 줄로 압축시켜 놓은 것이라 할 수 있지요.

한 제자가 혜가 대사에게 말했습니다.

"저에게 번뇌를 끊는 법을 가르쳐 주십시오."

"번뇌가 어디에 있기에 끊으려 하느냐?"

"어디에 있는지는 모르겠습니다."

"어디에 있는지도 모른다면 허공과 같은 것인데 어떻게 끊는단 말이냐?"

제자가 따져 묻습니다.

"경전에 보면 모든 악을 끊고 모든 선을 행해야 부처가 된다고 하지 않았
 습니까?"

이에 혜가 대사가 웃으며 말합니다.

"악이니 선이니 하는 게 다 망상이야. 제 마음에서 생기는 게야."

"그게 다 망상이라니요? 어째서 망상이라 하십니까?"

"비유를 들어보지. 너의 집 뜨락에 큰 바위가 있는데 평소 거기에 앉아 쉬
거나 누울 때에는 전혀 놀라움이나 두려움이 없을 것이다. 그러나 그 바위로
불상을 만들거나 그 바위에 부처님을 그려 놓았다면 어떻게 될까? 감히 걸터
앉을 생각을 못 하겠지? 본래는 돌일 뿐이지만 다 네 마음이 그렇게 만든 것
이다. 만일 그 바위에다 귀신이나 용, 호랑이 따위를 그려 놓았다면 스스로
그려 놓고도 무서워하겠지? 색깔 자체는 무서울 게 없다만 그 그림이 무서운

것은 다 너의 생각 때문이야! 그러니 무엇 하난들 실체가 있겠느냐, 모두 너의 망상이 만든 것이지." (『선문선답』, 조오현 편저, 22-23쪽)

지나치면

And nothing is at a like goodness still,
For goodness, growing to a plurisy,
Dies in his own too-much.

Hamlet 4.7.116-118

어느 것도 한결같이 좋게만 계속되지 않는다네.
왜냐하면 좋음도 지나침에 이르면
그 자신의 과도함으로 인해 스러지는 법이기 때문일세.

「햄릿」 4막 7장 116-118행

형인 왕을 살해하고 왕의 자리를 차지한 클로디어스는 형의 아들인 왕자 햄릿이 이 비밀을 알고 있다고 판단하고는 햄릿의 친구인 로젠크랜츠와 길덴스턴을 대동시켜 햄릿을 영국으로 보냅니다. 물론 그 친구들에겐 햄릿이 영국에 도착하는 즉시 처형해 달라고 영국 왕에게 보내는 밀서를 들려서 보내지요. 햄릿은 영국으로 가는 해상에서 이 밀서를 발견하고는 도착 즉시 이 두 친구를 처형하라는 내용으로 밀서를 바꿉니다. 그리고 나서 자신은 배를 바꾸어 타고 영국으로 되돌아오지요.

　　햄릿으로부터 덴마크로 되돌아온다는 편지를 받은 왕은 다급해졌고 햄릿을 죽일 방법으로 아버지와 여동생 오필리아의 죽음에 복수의 칼날을 세우고 있는 레어티즈에게 햄릿과 검 시합을 하여 독 묻힌 칼로 그를 죽이도록 사주합니다. 즉, 왕 클로디어스는 레어티즈에게 선친을 사랑하되 애정엔 시기가 있는 것이고 정열의 화염 속에는 일종의 심지

같은 것이 들어 있어서 이것이 불길을 약하게 하는 법이라면서 세상사란 한결같이 좋게만 지속되는 법이 없음을 상기시킵니다. 이와 함께 클로디어스가 덧붙이는 말이 "지나치면"입니다. 한마디로 '하겠다'는 마음 자체도 변하게 마련이니 일단 계획한 일은 즉각 실행에 옮길 것을 명하는 것이지요.

불교에 "제행무상諸行無常"이라는 말이 있습니다. 이 땅에 존재하는 일체는 변하기 마련이고 그 어떤 것도 늘 그대로의 모습을 견지하지 못한다는 말이지요. 그런데 이러한 인간과 자연의 "무상"한 세계에서 변화를 지배하는 법칙 중 가장 근본적인 법칙이 그 반대로 되돌아가는 "반反"의 원리입니다. 바로 도道의 원리로써 달이 차면 기울 듯이 "그 반대로 되돌아가는 것이 도의 늘 그러한 움직임입니다反者道之動"(『도덕경』 40장). 노자는 말합니다. "좋음은 다시 나쁨이 되기 마련이라"고. 좋음이 과도하면 스러지는 법이라는 셰익스피어의 말은 바로 변화를 지배하는 순환적인 법칙에 대한 노자적인 통찰이요 그러한 통찰을 시적으로 표현한 것입니다.

세속의 영광

Glory is like a circle in the water,

Which never ceaseth to enlarge itself

Till by broad spreading it disperse to nought.

1 Henry VI 1.2.133–135

영광은 마치 물 위의 둥근 파문과 같아서

멈춤이 없이 스스로를 크게 하다가

마침내는 넓게 퍼져서는 허망하게 사라지고 만다.

「헨리 6세 1부」 1막 2장 133–135행

셰익스피어의 사극에서 비록 재위 기간이 9년밖에 되지 않지만 재위 기간 동안 탁월한 치세로 국내의 안정을 회복시키고 프랑스를 원정하여 대승리를 거두어 프랑스의 공주 캐서린을 왕비로 맞은 헨리 5세(1387-1422)는 국민적 영웅으로 묘사됩니다. 그러나 대부분의 국민적 영웅이 그러하듯이 헨리 5세 역시 불운하게도 35살의 젊은 나이로 생을 마감하며 국민의 애도를 받습니다. 『헨리 6세 1부』는 이러한 헨리 5세의 장례와 어린 헨리 6세의 등극으로 막이 열립니다. 이 극의 첫 장면을 보면 헨리 5세의 죽음으로 인해 안으로는 다시 권력투쟁이 시작되고 밖으로는 프랑스 내의 영국 점령지에 대해 프랑스군이 파죽지세로 반격을 가해 오고 있다는 소식이 잇달아 전해지면서 나라가 다시 혼란의 도가니로 빠져드는 것을 알 수 있습니다.

『헨리 6세 1부』의 이러한 첫 장면에 이어 두 번째 장면에 이르면 프랑스의 애국 소녀 잔다르크를 볼 수 있습니다. 그녀는 프랑스 동북부 시골

동레미 마을의 양치기 딸로 태어나 17살이 되던 해 "너의 천한 일을 버리고 조국을 재난으로부터 구하라"는 신의 음성을 듣고 찰즈 황태자를 찾아갑니다. 그는 영국군에게 포위되어 있는 올리언즈 시를 탈환하려다 대패하여 전의를 상실한 상태였지요. 그녀는 찰즈 황태자에게 자신을 앞세워 탈환을 위한 공격을 재개할 것을 설득합니다. 찰즈 황태자에게 자신의 용기와 능력을 입증해 보인 뒤 말하지요. "저는 잉글랜드 인을 응징하기 위해 태어난 사람입니다. 오늘 밤 반드시 포위망을 뚫어 보이겠습니다. 늦가을의 여름 같은 화창한 날씨, 폭풍 후의 고요가 꼭 찾아옵니다. 내가 이 전쟁에 참가했으니까요"라고. 이 말에 이어서 하는 말이 "세속의 영광"입니다. 그녀는 잉글랜드의 영광의 파문은 헨리 5세의 죽음으로 끝이 나고, 왕년의 영광은 수면의 파문같이 사라지고 만다고 판단합니다. 그리고 찰즈 황태자에게 이를 인식시키며 전의를 충천케 하지요. 셰익스피어의 사극이 한마디로 권력의 영광이라는 것이 얼마나 덧없고 무상한가를 극명하게 보여주는 것이고 보면 잔 다르크가 말한 "세속의 영광"은 전 사극의 주제를 압축한다고 해도 과언이 아닙니다.

좋음에서 나쁨이

Good wombs have borne bad sons.

The Tempest 1.2.119

좋은 자궁이 나쁜 자식을 낳았군요.

「폭풍」 1막 2장 119행

세익스피어의 마지막 작품인 『폭풍』을 보면 밀라노의 공작이었던 프로스페로는 학문에 열중한 나머지 국사를 아우인 앤토니오에게 맡기고 군주로서의 일을 소홀히 합니다. 결국 아우에게 공작 자리를 찬탈당하고 세 살도 채 안 된 딸아이와 함께 다 썩어서 쥐들조차 겁먹고 달아난 배에 실려 바다를 표류하지요. 그러다가 외딴 섬에 닿은 프로스페로는 그 섬에서 딸을 키우며 마법을 연마합니다. 12년의 세월이 지난 어느 날 동생과 그 동생을 도와 자신의 자리를 찬탈한 나폴리 왕 알론조 일행을 태운 배가 이 섬을 지나가게 되고 프로스페로는 폭풍을 일으켜 그들을 이 섬에 상륙하게 합니다. 그들을 실은 배가 파도에 휩쓸리고 처참하게 침몰하는 모습을 바라보며 안타까워하는 딸에게 프로스페로는 그간 숨겨 왔던 과거와 폭풍을 일으킨 이유를 말해 줍니다. "좋음에서 나쁨이"는 프로스페로의 딸 미란다가 삼촌이 아버지의 공작 자리를 찬탈하고 자신과 함께 아버지를 그 밧줄과 돛대도 없는 배에 태워 바다에 내몰았다는 얘기를 듣고는 탄식하며 하는 말입니다.

여주인공인 미란다가 던지는 "좋은 자궁이 나쁜 자식을 낳았다"는 이 한마디는 우리에게 매우 감동적인 깨달음을 안겨줍니다. 즉, 자신의 할머니가 아버지와 같은 착한 아들뿐만 아니라 형님의 공작 자리를 찬탈한 작은 아버지와 같은 흉악한 아들도 낳았다고 하는 이 말은 바로 좋음과 나쁨, 선과 악이란 단지 하나의 근원에서 각기 다른 모습을 지니고 나타난 외현일 뿐임을 나타냅니다. 선의 어떠한 외현도 그 자체에 악을 내포하며 악의 어떠한 외현도 그 자체에 선을 내포한다는 것이지요. 셰익스피어는 이 작품을 통해 좋음은 나쁨을 잉태하고 나쁨은 좋음을 낳는 삶의 신비와 경이로움을 잘 극화시키고 있습니다.

승복만 입었다고

They should be good men, their affairs as righteous;
But all hoods make not monks.

Henry VIII 3.1.22–23

사람이 제대로 된 사람이어야 하고 하는 일이 올바른 것이어야지
승복만 입었다고 모두 승려가 되는 것은 아니요.

「헨리 8세」 3막 1장 22-23행

『헨리 8세』는 헨리 8세가 본부인인 왕비 캐서린과 이혼하고 캐서린의 시녀였던 앤 불런과 결혼하여 딸을 낳아 경축 받는 과정을 다루고 있습니다. 이 딸이 장차 스페인의 무적함대 아마다를 무찌르고 조그마한 섬나라 영국을 대영제국으로 융성시키며 영국 르네상스의 절정기를 통치했던 저 유명한 엘리자베스 여왕 1세이지요.

헨리 8세는 죽은 형의 미망인 캐서린과 결혼하였으나 다시 그녀와 이혼하기 위해 영국의 추기경 울지를 비롯한 주교와 귀족들, 그리고 로마에서 온 추기경이 입회한 재판을 열어 자신의 결혼이 정당하였는가를 판가름하게 합니다. 그들이 이혼하는 데는 왕을 거들어 추기경 울지가 크게 한 몫 하지요. 추기경 울지는 정치적 야심이 매우 많아 왕권을 등에 업고 자기의 지위와 직업을 최대로 이용하는 인물입니다. 로마 교황직에 오르기 위해 로마의 심복들에게 뿌릴 자금을 마련하느라 엄청난 세금을 징수하고 부정 축재한 권력 지향의 부도덕한 성직자이지요.

왕비 캐서린은 이러한 추기경 울지의 소행을 잘 알고 있었고 따라서 재판이 열리고 왕비의 심리가 시작되자 왕비는 울지를 재판관으로 받아들일 수 없다며 재판을 거부한 채 퇴장하고 맙니다. 왕비의 퇴장으로 재판은 연기되고 추기경 울지와 로마에서 온 추기경 캠페이어스가 왕비를 설득해 왕의 뜻을 이루기 위해 왕비의 처소를 방문합니다. "승복만 입었다고"는 그들 두 추기경이 방문했다는 말을 듣고 왕비 캐서린이 하는 말입니다. 셰익스피어는 오늘날과 마찬가지로 당대에도 적지 않았던 옳지 못한 성직자들에게 캐서린의 입을 빌어 성직자라면 성직자답게 생각하고 처신할 것을 준엄히 훈계하고 있습니다.

귀한 보석

Sweet are the uses of adversity,

Which, like the toad, ugly and venomous,

Wears yet a precious jewel in his head.

As You Like It 2.1.12-14

역경은 이롭고 아름다운 것이요.

그것은 두꺼비처럼 보기에 추악하고 독살스럽지만

그 머리엔 귀한 보석을 지니고 있다오.

「좋으실 대로」 2막 1장 12-14행

세익스피어의 낭만희극의 특징은 극이 궁정에서 시작하여 숲으로 이동하였다가 다시 궁정으로 되돌아가는 순환 구조로 이루어지는 것입니다. 극의 모든 갈등과 분규는 문명세계인 궁정에서 발생하고 숲에서 희극적 해결을 이룬 다음 다시 원래의 궁정으로 되돌아가는 것이지요. 그 대표적인 작품이 『좋으실 대로』이며 이 극에는 널리 알려진 "아든 숲The Forest of Arden"이 나오며 동생에게 공작 자리를 찬탈당하고 추방당한 전 공작이 이 숲에 등장하여 함께 추방당해 온 귀족들에게 그 동안에 이 숲에서 겪은 생활을 궁정생활과 대비하여 말하는 장면이 나옵니다. "귀한 보석"은 이때 옛 공작이 말한 내용의 일부입니다.

　추방당해 아든 숲에 기거하고 있는 옛 공작은 말합니다. 추방되어 겪는 숲 속의 생활은 분명 역경임은 사실이나 그 숲이 사악한 대궐보다 덜 위험하며 겨울철 찬바람이 살을 에일 듯이 불어와 몸이 오그라들 때 조차도 그 찬바람은 아첨이 아니요 옛 공작 자신의 현 위치와 상황을

뼈저리게 가르쳐 주는 진정 어린 충언이라 웃으며 기꺼이 반긴다고. 역경은 그것을 견디어 내는 자에게는 자신에 대한 깨달음과 현실에 대한 정확한 인식을 보석으로 선사합니다.

일년 내내 노는 날이라면

If all the year were playing holidays,

To sport would be as tedious as to work;

But when they seldom come, they wished-for come,

And nothing pleaseth but rare accidents.

1 Henry IV 1.2.201-204

일년 내내 노는 날이라면

노는 것도 일하는 것 못지않게 지루할거야.

그러나 휴일은 어쩌다 오기에 학수고대하는 것이고

드문 일이 아니면 사람들은 재미있어 하지 않는 법이지.

「헨리 4세 1부」 1막 2장 201-204행

『헨리 4세』를 보면 리차드 2세를 폐위시키고 왕이 된 헨리 4세는 그가 차지한 왕권의 비적법성에 불만을 품은 민심을 국외로 돌려 국가의 힘을 한곳으로 집중시키려고 합니다. 그래서 이교도를 징벌한다는 명분 하에 예루살렘으로 성지 원정을 갈 계획을 포고하는 것으로 극이 시작합니다. 그러나 보고되는 여러 내란에 어쩔 수 없이 성지 원정 계획을 취소하고 같은 장면에서 장차 대통을 이어 갈 핼 왕자가 시정잡배들과 어울려 선술집이나 들락거리는 방탕한 생활을 하는 것에 대해 심한 실망과 우려를 나타냅니다.

핼 왕자는 궁 밖에 포올스태프라는 술 잘 마시고 욕 잘 하고 도둑질을 일삼는 피둥피둥한 허풍쟁이를 중심으로 한 선술집 무리와 휩쓸려 왕과 백성들을 실망시키고 앞날에 대한 우려를 불러일으키지만 사실은 나름대로 은밀하고 치밀한 계획이 있어 그들과 어울립니다. "일년 내내 노는 날이라면"은 첫 장면에 이어 그 다음 장면에서 핼 왕자가 선술집 무리와 한바탕 도적질 작당을 꾀하고는 그들을 보낸 다음 혼자 독백으로 내뱉는 말입니다.

왕자 핼은 "일년 내내 노는 날이라면"에 이어 덧붙이기를 "마찬가지로 이따금 있는 일이야말로 바람직하지 뭐냐. 내 경우도 그거와 같이 조만간에 지금의 방탕을 청산해 버리고 이를테면 기대도 않던 부채를 갚아 주는 셈이 되겠는데 그것이 계약서에 없었던 만큼 받는 쪽은 참으로 뜻밖일 것이니 기뻐하는 모습이 벌써 눈에 선하다"고 말합니다. 즉, 태양이 자신을 지루하게 가리던 추악한 구름을 헤치고 불시에 나타나면 초조하게 고대하던 세상의 눈이 한층 경탄의 눈으로 바라보듯이, 그가 하는 나중의 개심은 지금의 방탕을 배경으로 하니 그만큼 더욱더 빛나 보일 거라는 것이지요. 그는 현재의 방탕을 일종의 방편으로 삼고 있는 것으로 그가 장차 영국 역사에서 프랑스를 점령한 국민의 영웅 헨리 5세이고 보면 어려서부터 정치적인 계산과 전략에 능했던 인물임을 알 수 있습니다.

Good Morning Shakespeare

4

똑똑한 바보

어리석은 똑똑이보다는
똑똑한 바보가 낫습니다.

축복 받은 사람

thou hast been

As one, in suff'ring all, that suffers nothing,

A man that Fortune's buffets and rewards

Hast ta'en with equal thanks; and blest are those

Whose blood and judgment are so well commeddled

That they are not a pipe for Fortune's finger

To sound what stop she please.

Hamlet 3.2.65–71

그대는 온갖 고통을 다 당하면서도
전혀 고통을 겪지 않는 사람처럼,
운명의 시련과 보답을 똑같이
고맙게 받아들이는 사람이요.
혈기와 분별력이 너무도 적절히 배합되어 있어서
운명의 여신이 기분에 따라 연주하는 대로
소리 내는 피리가 아닌 자들은 축복 받은 자들이요.

「햄릿」 3막 2장 65-71행

"축복 받은 사람"은 햄릿이 아버지의 유령으로부터 삼촌
이 아버지를 살해했다는 말을 듣고 이 말의 진위를 가리기 위해 이와
유사한 이야기 "쥐덫"을 유랑 극단에게 왕과 궁정인들 앞에서 공연시
키면서 공연 직전 자신의 가장 절친한 친구 호레이쇼에게 그 살해 장면
을 보고 삼촌인 왕이 놀라는지 잘 관찰해 달라면서 건네는 우정과 신뢰
가 깊게 배어 있는 말입니다. 물론 햄릿이 말하고 있는 여기 "축복 받은
사람"은 그가 마음에 이상형으로 두고 있는 친구 호레이쇼를 일컫는 말
이지요. 햄릿은 호레이쇼에게 자신은 스스로 영혼 속에 분별력이 생겨
서 인간의 선과 악을 가릴 줄 알게 된 때부터 호레이쇼를 영혼의 벗으
로 정해 놓고 있었고, 감정의 노예가 되지 않는 그런 사람이 있다면 마
음속 깊은 곳에 품고 다닐 것인데 호레이쇼가 바로 그런 사람이라고 털
어 놓습니다.

　　우리가 운명의 시련과 보답을 똑같이 고맙게 여기고 혈기와 분별력

이 조화롭게 균형을 이루고 있는 이런 사람을 하나쯤 친구로 두고 지낼 수 있다면 그 또한 "축복 받은 사람"이겠지요. 이렇게 놓고 보면, 『햄릿』에는 두 명의 축복 받은 젊은이가 등장합니다. 한 사람은 감정의 노예가 아닌 호레이쇼요. 다른 한 사람은 그러한 사람을 가장 절친한 벗으로 둔 햄릿입니다. 햄릿은 결국 그러한 인품의 친구를 둔 덕에 그러한 인품을 넘어 삶에 대한 달관의 경지에 이릅니다.

현명한 사람에게는

All places that the eye of heaven visits
Are to a wise man ports and happy havens.

Richard II 1.3.274-275

하늘의 눈인 태양이 방문하는 곳이면 어떤 곳이든지
현명한 사람에게는 항구요 행복한 안식처라네.

「리처드 2세」 1막 3장 274-275행

『리처드 2세』의 첫 장면을 보면 장차 리처드 2세를 폐위시키고 헨리 4세로 등극하는 볼링부르크가 충신 모우브레이를 역적으로 기소하면서 이를 입증키 위해 모우브레이에게 결투를 신청합니다. 얼마 후 이들 둘은 왕이 정해준 결투 날짜에 왕이 정해준 장소에서 결투를 하게 됩니다. 그런데 결투가 시작되자 왕은 불현듯 그 결투를 중지시키고 잉글랜드 왕국을 잉글랜드 스스로가 양육한 백성의 선혈로 더럽힐 수 없다면서 둘을 국외로 추방합니다. 볼링부르크에겐 10년간의 추방을 모우브레이에겐 종신의 추방을 명하지요.

　"현명한 사람에게는"은 왕으로부터 추방령을 받고 마음속 슬픔을 누르며 탄식하고 있는 볼링부르크에게 그의 아버지인 공작 곤트가 건네는 위로의 말입니다. 그는 덧붙여 아들에게 충고합니다. 궁핍에 빠지거든 궁핍보다 더 좋은 것은 없다고 생각하고 국왕이 너를 추방한 것이 아니라 네가 국왕을 추방한 것이라고 생각하라고. 그리고 불행은 참는 힘이 약해 보이면 더욱 무겁게 닥치는 것인 만큼 지저귀는 새들은 음악 가요, 발에 밟히는 풀은 골풀이 깔린 알현실이요, 꽃은 아름다운 귀부 인이요, 내딛는 발걸음은 즐거운 무도라고 생각하라고.

『성서』의 「출애굽기」에 보면 모세가 하나님의 산인 호렙산에서 가시 덤불의 불꽃으로 나타나신 하나님과 만나는 장면이 나옵니다. 하나님께 서 가시덤불 가운데서 그를 불러 말씀하시기를 "모세야, 모세야" 하시니 모세가 "제가 여기 있습니다" 하고 대답합니다. 이때 하나님께서 "여기 로 가까이 다가서지 말고 네 발에서 신을 벗으라. 이는 네가 서 있는 곳 이 거룩한 땅임이니라"(「출애굽기」 3:1-5)고 말씀하십니다. 이 말은 단순 히 호렙산이 하나님의 거룩한 땅이고 신성한 곳이니 신발을 벗는 경건 한 예를 갖추라는 것이라기보다는 우리가 어디에 있든 발을 딛고 서 있 는 자리 바로 그곳이 바로 신성한 곳이요 거룩한 곳이라는 것입니다. 다 시 말해, 오늘 내가 근무하고 일하는 자리, 내가 현재 있는 이 자리가 거 룩하고 신성한 곳임을 느끼고 감사하며 살아야 한다는 것이지요.

시간의 걸음걸이

Time travels in divers paces with divers persons.

As You Like It 3.2.308

시간의 걸음걸이는 사람에 따라 다르답니다.

『좋으실 대로』 3막 2장 308행

『좋으실 대로』에서 재기 발랄한 여주인공 로잘린드는 궁정에서 추방당하고 "아든 숲"으로 갑니다. 거기서 그녀는 추방되기 전에 마음을 주었던 올란도라는 청년이 그녀를 연모하여 지은 시를 나무마다 매달아 놓고 있다는 것을 듣고 내심 반가워합니다. 하지만 짐짓 자신의 신분을 감춘 채 그를 만나지요. "시간의 걸음걸이"는 그들이 숲에서 처음 대면하여 나누는 대화 가운데 한 구절입니다. 로잘린드가 올란도를 처음 부르자 그는 무슨 용무로 부르느냐고 묻습니다. 이에 대해 그녀는 지금 몇 시냐고 묻지요. 올란도는 숲 속에는 시간을 재는 시계가 없으니 차라리 지금이 며칠이냐고 물어보라고 합니다. 이에 대해 로잘린드는 이 숲 속에 시계가 없다면 이 숲에는 진짜 사랑에 빠진 사람은 없는 것이라고 말합니다. 왜냐하면 사랑에 빠진 사람이 있다면 일 분 일 분 내쉬는 한숨과 시간 시간 내뱉는 신음이 지루한 시간의 느린 걸음을 시계같이 맞춰 낼 것이기 때문이라는 거지요. 이 말에 올란도가 시간의 느린 걸음이라 하지 말고 시간의 빠른 걸음이라고 하면 안 되느냐고 반문합니다. 그런 표현이 더 알맞지 않겠느냐면서. 이때 로잘린드가 절대로 그렇지 않다면서 하는 말이 "시간의 걸음걸이는 사람에 따라 다르다"는 말입니다.

　로잘린드가 말한 이 문구는 시간은 누구에나 시계로 계측되는 통일된 속도로 흐르는 것이 아니라 나의 마음의 상태에 따른 의식의 흐름일 뿐이라는 것을 의미합니다. 이러한 로잘린드의 상대적인 시간관에서는 시간은 사람에게 뿐만 아니라 장소에 따라서도 달리 흘러간다는 것이 되어 그녀가 한 말은 소위 물리학에서 말하는 '일반 상대성 이론'을 시적으로 달리 표현한 것이 됩니다. 자연과학이 20세기에 와서나 이룩한 위업인 '일반상대성이론'을 셰익스피어는 이미 16세기에 그의 시적인 직관력으로 통찰하였고 이를 로잘린드의 입을 통해 멋지게 표현해 놓고 있습니다.

처세

Have more than thou showest,

Speak less than thou knowest,

Lend less than thou owest.

King Lear 1.4.120–122

보여준 것보다는 더 많이 갖고 있으라.

아는 것보다는 덜 말하라.

지니고 있는 것보다는 덜 빌려 주라.

「리어왕」 1막 4장 120–122행

리어왕은 셋째 딸을 추방하고 자신의 영토를 모두 두 딸들에게 나누어 준 뒤 그 두 딸의 집을 오고 갑니다. 그러나 두 딸에게 천대받고 급기야 폭풍이 몰아치는 광야에서 미쳐버리지요. 리어는 보다 신중하고 현명했어야 합니다. 그는 보다 나은 판단과 결정을 내릴 수 있을 만큼 나이를 먹었으며, 늙어간다는 것은 현명해지는 것과 더불어 진행되어야 하는 것이지요.

그가 영토를 딸들에게 주어버릴 때 그것은 단순히 영토만 넘겨 주는 것이 아니라 그 영토가 지니는 권력까지 함께 넘겨 준 것이지요. 리어는 살아 있는 동안에 유산을 상속한 어리석음으로 인해 그 대가를 제대로 치른 것입니다. "처세"는 리어가 데리고 다니는 어린 바보fool가 그러한 리어의 어리석었던 행위를 꼬집어 훈시하는 것으로 누구에게나 해당되는 경고입니다.

'만약에' 의 힘

I knew when seven justices could not take up a quarrel,
but when the parties were met themselves, one of them
thought but of an If: as, "If you said so, then I said so";
and they shook hands and swore brothers. Your If is
the only peacemaker. Much virtue in If.

As You Like It 5.4.98–103

제가 알기로 두 사람 사이에 싸움이 벌어졌는데
판사 일곱이 달려들어 화해를 시키려 해도 소용이 없었습니다.
그래서 드디어 결투까지 이르러
두 사람이 마주 서게 되었는데 그중 한 사람이 마침 "만약에"라고
한마디 덧붙일 생각이 나서 "당신이 만약 이리이리 말했다면,
나는 이리이리 말했을 거요"라고 말했습니다.
그래서 그 두 사람은 악수하고 의형제를 맺었습니다.
싸움의 중재역으로는 요 "만약에"라는 놈 이상이 없답니다.
"만약에" 속에는 대단한 화해력이 들어 있습니다.

「좋으실 대로」 5막 4장 98-103행

셰익스피어의 낭만희극 『좋으실 대로』의 마지막 장면에 가면 여주인공 로잘린드가 결국 남장을 벗고 등장하여 극의 결말을 세 쌍의 결혼과 축제의 화해로운 분위기로 만들어 놓습니다. 이러한 축제로 결말을 맺는 마지막 장면에서 어릿광대 터치스톤이 로잘린드가 남장을 벗기 위해 잠시 자리를 비운 틈에 나타나 분위기를 한층 고조시키지요. 그는 그녀를 기다리고 있는 옛 공작 일행에게 자신은 궁중 춤도 추어 보았고 귀부인에게 구애도 해보았으며, 친구에겐 술책도 써보고 적들하고는 원만히 지내도 보았고 재단사를 셋이나 파산시켜 보았는가 하면 네 번이나 싸움을 일으키고 한 번은 결투까지 할 뻔한 사람이었다고 너스레를 떨며 자랑을 늘어놓습니다. 공작 일행의 한 사람인 제익퀴즈가 결투는 어떻게 해서 화해가 되었느냐고 묻자 이에 대해 터치스톤이 하는 대답이 " '만약에' 의 힘"입니다.

　　셰익스피어가 결혼과 축제로 끝나는 마지막 장면에 어릿광대를 등장시켜 "만약에"의 힘을 언급하게 하는 것은 "만약에"는 현실을 치유하고 화해시키는 힘을 지니고 있기 때문입니다. 크게 보면 "만약에"는 상상이요 영감이요 꿈으로서 이것이 그려내는 이상세계는 바로 오늘의 현실을 변화시키고 극복하는 현실 대안적인 기능을 합니다. 셰익스피어는 우리가 상상의 "만약에"를 끊임없이 현실에 끌어들여 유쾌하고 화해로운 생활을 할 것을 권합니다.

세상은 하나의 무대

All the world's a stage,
And all the men and women merely players;
They have their exits and their entrances,
And one man in his time plays many parts.

As You Like It 2.7.139–142

이 세상은 모두 하나의 무대지요.
그리고 남녀 모두가 한갓 배우들에 불과하고요.
등장하는가 하면 퇴장하며
한 사람이 한평생 여러 가지 역할을 맡아 하지요.

「좋으실 대로」 2막 7장 139–142행

"세상은 하나의 무대"는『좋으실 대로』에서 옛 공작과 함
께 아든 숲으로 추방되어 온 귀족 제익퀴즈가 옛 공작에게 하는 말입니
다. 그는 사람은 한평생 여러 가지 역할을 맡게 되는데 그 일생은 7막
으로 구분지어진다고 합니다. 그가 말하는 인생 7막을 직접 들어보시
지요.

　　처음엔 갓난아기,

　　유모 품에 안겨 칭얼대며 보챈다.

　　그 다음은 투덜대는 어린 학생,

　　빛나는 아침 얼굴로 가방을 메고

　　달팽이처럼 느릿느릿 가기 싫은 학교를

　　마지못해 억지로 걸어간다.

　　그리고는 연인,

　　용광로처럼 한숨을 몰아쉬며

연인의 눈썹을 그리며

애처로운 발라드를 짓는다.

그러고 나면 군인,

엉뚱한 호언장담만을 늘어놓고

수염은 표범 모양을 한 채

명예욕에 불타,

걸핏하면 핏대 올려 싸우려 들면서

물거품 같은 명예를 위해서라면

대포 입 속이라도 서슴지 않고 뛰어든다.

그 뒤엔 법관,

두둑한 뇌물에 배는 기름져 피둥피둥,

매서운 눈초리에 수염은 격식대로 기르고

격언이나 상투적인 판례만 늘어놓는

그런 역할을 한다.

여섯 번째 막은 슬리퍼를 신은

말라빠진 바보 늙은이로 옮겨 간다.

콧잔등엔 안경을 걸치고

허리춤엔 돈주머니를 차고

잘 아껴 둔 젊은 시절의 바지는

마른 정강이에 비해 너무 통이 커진

세상이 되어버리고,

그 사나이답던 굵은 목소리는

어린애 목소리로 돌아가

피리소리나 휘파람소리를 내게 된다.

파란 많은 이 인생의 드라마를 마감하는

마지막 장은 제 2의 유아기,

철저한 망각만이 남아

이도 빠지고,

눈도 보이지 않고,

입맛도 없어지면서

세상만사 그저 허망해진다.

똑똑한 바보

Better a witty fool than a foolish wit.

Twelfth Night 1.5.36

어리석은 똑똑이보다는 똑똑한 바보가 낫습니다.

「십이야」 1막 5장 36행

세익스피어의 극작품에 나타나는 독특한 특징 중의 하나
는 희극에서는 물론 비극과 사극, 로맨스 극에 이르기까지 어릿광대 혹
은 "바보fool"들이 자주 등장하여 극의 재미를 한껏 더해 주고 있는 점
입니다. 이들은 단순한 바보가 아니라 삶에 대한 예리한 통찰과 번뜩이
는 위트로 인간의 어리석은 잘남을 꼬집고 질책하는 "현명한 바보wise
fool"들이지요.

　　"똑똑한 바보"는 『십이야』에서 어릿광대인 피스티가 "지혜를 가졌다
고 자처하는 영리한 사람들이 흔히들 바보짓을 하고, 나는 지혜가 없는
바보이면서도 제법 똑똑한 사람으로 통한다"면서 덧붙이는 말입니다.
이 말과 함께 그는 실제로 그의 주인 아가씨 올리비어가 바보인 자신보
다 더 바보임을 증명해 보입니다. 그녀는 오빠가 죽자 앞으로 오빠에
대한 사랑을 생각하여 슬픈 기억 속에 칠 년간은 수녀처럼 베일을 쓰고
다닐 것이며 남자와 교제를 안 하는 것은 물론 남자와는 얼굴조차 대하

지 않기로 맹세를 하고는 이를 지키며 살아가고 있었지요. 바보는 이러한 생활을 하고 있는 올리비아에게 그녀가 바보임을 증명해 보입니다. 바보가 그녀와 나누는 교리문답을 잠깐 들어보시지요.

광대　두건을 썼다고 해서 반드시 성직자는 아니라는 말이 있잖습니까? 광대 옷을 입었다고 머릿속까지 바보는 아닙니다. 죄송하지만 아가씨가 바보라는 걸 증명해 드릴깝쇼.

올리비어　그걸 증명할 수 있단 말이지?

광대　예, 물론 재치 있게요.

올리비어　어디 증명해봐.

광대　그럼, 교리문답식으로 해야겠는데, 자 얌전하신 아가씨 대답해 보십쇼.

올리비어　그럼 할 일도 없고 하니 그 증명이나 들어보자.

광대　예, 아가씨께선 무엇을 그리 슬퍼하고 계십니까?

올리비어　바보 좀 보게. 그야 오빠가 돌아가셨으니까 그렇지.

광대　그럼 아마 오라버님의 영혼이 지옥에 가 있는 모양이군요.

올리비어　야, 이 바보, 오빠의 영혼은 천당에 가 계셔.

광대 그러니까 더욱더 바보란 말씀입니다. 오라버님의 영혼은 전당에 가 계시는데 슬퍼하시다니. 여러분, 이 바보를 끌어내요.

셰익스피어의 희극 전체를 관통하는 희극 정신은 똑똑한 바보들이 구현하는 "현명한 어리석음witty foolishness"이라는 두 마디로 압축시킬 수 있다고 봅니다. 『성서』에 보면 "만일 너희 가운데 누구라도 이 세상에서 현명하다고 생각하거든 어리석은 자가 돼라. 그러면 현명한 자가 될 것이라. 이는 이 세상 지혜가 하나님께는 어리석은 것이기 때문이라"(「고린더 전서」 3:18-19)고 가르치고 있는데 셰익스피어의 현명한 바보賢愚들이 이 메시지를 무대 위에서 가장 극적으로 잘 보여줍니다.

있는 '척' 시늉하기

Assume a virtue, if you have it not.

That monster custom, who all sense doth eat,

Of habits devil, is angel yet in this,

That to the use of actions fair and good

He likewise gives a frock or livery

That aptly is put on.

Hamlet 3.4.161–166

미덕이 없으면 있는 척 시늉이라도 하시오.
저 습관이란 괴물은 사악한 습성이 있어
우리의 올바른 감각을 먹어 치우지만,
한편으론 우리에게 천사도 되어 준다오.
그놈은 우리의 선하고 아름다운 습관적 행위엔
아주 잘 어울리는 옷과 외투를 입혀 줍니다.

「햄릿」 3막 4장 161-166행

햄릿이 유랑 극단에게 공연하게 한 "쥐덫"을 보고 왕은 기 겁을 하여 공연을 중지시키고 퇴장합니다. 이 공연으로 인해 왕의 심기 가 매우 불쾌해진 데 대해 왕비는 아들인 햄릿을 그녀의 처소로 불러 놓고는 나무라지요. "있는 척 시늉하기"는 햄릿이 어머니의 힐책에 오 히려 그녀에게 삼촌과 잠자리를 같이하며 사는 것은 잡초에다 거름을 주어 더욱 무성케 하는 것이라면서 과거를 회개하고 앞으로 근신하시 라는 것과 더 이상 삼촌의 이부자리로 가지 말라고 부탁하면서 덧붙이 는 말입니다.

　　그리스 신화에 보면 피그멜리온이라는 청년이 돌을 조각해 자신의 이상적인 여인을 만들어 놓고 그것을 마치 살아 있는 여인인양 온 정성 을 다해 대접합니다. 결국 그 조각상이 실제 살아 있는 여인으로 변해 아들 딸 낳으며 둘이 행복하게 살게 되는 이야기이지요. 그의 지극한 정성이 돌조차 살아 있는 생명체로 변모시킨 것입니다. 그야말로 "천하의 지극한 정성이 있으면 만물을 변화시킬 수 있다唯天下至誠 爲能化"는 『중용』의 말씀이 신화적으로 실천된 이야기입니다.

그런데 셰익스피어는 햄릿의 입을 통해 대상이 아닌 보다 중요한 나 자신에게 이러한 피그멜리온의 효과를 이루어 내는 매우 통찰력 있는 방법을 제시합니다. 그것은 "미덕이 없으면, 있는 척이라도 하라"는 것입니다. 즉, 내가 무엇을 "척" 하다보면 그 "척"이 어느새 나를 진짜 그 무엇으로 만들어 놓고 있다는 것으로, 예를 들어 우아한 "척" 하다보면 어느새 우아해져 있다는 것이지요. 반복되는 "척"은 결국 지극한 성실로 이어져 우리를 천사나 신과도 같은 존재로 변화시켜 줍니다.

천성을 바꾸어 놓는 힘

Refrain tonight,

And that shall lend a kind of easiness

To the next abstinence; the next more easy;

For use almost can change the stamp of nature,

And either master the devil, or throw him out

With wondrous potency.

Hamlet 3.4.167–172

오늘 하룻밤 참고 극기해 보시오.
그러면 내일 참기는 한결 쉬워지고
그 다음엔 더더욱 수월해진다오.
대저 습관이란 천성을 바꾸어 놓는 법,
비상한 힘이 있어
악마를 굴복시켜 몰아내 버리지요.

「햄릿」 3막 4장 167-172행

햄릿이 말하고 있는 "천성을 바꾸어 놓는 힘"은 "습관은 제 2의 천성"으로 널리 알려진 문구입니다. "있는 '척' 시늉하기"에 이어지는 문구로서 "척"은 습관을 낳고 그 "척"으로 형성된 습관은 궁극적으로 나의 천성을 바꾸며 더 나아가 악마를 굴복시키는 신적인 힘을 발휘하는 데까지 이를 수 있음을 말하고 있습니다.

　습관이 신적인 힘을 가져다주는 것이 가능한 것은 노자의 언어를 빌려 말하면 "도를 추구하는 자는 도와 같아지고道者同於道, 도와 같아지는 자는 도 또한 그를 즐거이 얻는다同於道者 道亦樂得之"(『도덕경』 23장)는 원리 때문이라 봅니다. 즉, 시작 단계에선 내가 도를 따라가는 노력을 들여야 하지만 일정 단계가 지나면 도가 나를 즐거이 불러들여 이끌어 간다는 것이지요. 이것이 바로 습관의 원리로 나를 넘어선 신적인 "비상한 힘"을 발휘할 수 있게 해주는 것이라 봅니다.

생각과 행동

Give thy thoughts no tongue,

Nor any unproportioned thought his act.

Hamlet 1.3.59–60

마음속을 함부로 입 밖에 나타내지 말며

섣부른 생각은 행동에 옮기지 마라.

「햄릿」 1막 3장 59–60행

모든 영문학사에서 부모와 함께 하던 보금자리를 떠나 해외나 사회로 진출하는 자녀에게 부모가 인생의 선배로서 해 줄 수 있는 충고로 가장 훌륭한 글을 뽑으라면 그 최고의 그랑프리는 『햄릿』에서 오필리아의 아버지 폴로니어스가 프랑스로 공부하러 떠나는 자신의 아들 레어티즈에게 건네는 당부의 말이라 생각합니다. "생각과 행동"은 그 첫 번째 당부로 젊은이가 사회생활을 갓 시작하는 입문단계에서 가장 중요하게 지켜야 할 것은 바로 언행을 신중히 해야 하는 것임을 전하고 있습니다.

친구

Be thou familiar, but by no means vulgar.

Those friends thou hast, and their adoption tried,

Grapple them unto thy soul with hoops of steel.

Hamlet 1.3.61–63

친구는 사귀되 아예 상스럽지 말 것이요,

한번 받아들이기로 마음먹은 친구라면

네 영혼에 사슬로 묶어서라도 떨어지지 마라.

「햄릿」 1막 3장 61–63행

"친구"는 앞에서 다룬 바 있는 "생각과 행동"에 바로 이어지는 문구입니다. 폴로니어스가 집 떠나는 아들 레어티즈에게 당부하는 두 번째 조언이지요. 폴로니어스가 아들에게 언행의 신중함에 이어 친구 문제를 두 번째로 충고하는 것은 사회에서 자신의 자리를 세워가야 하는 젊은이에게는 친구 관계가 그만큼 중요하다고 보기 때문입니다. 셰익스피어는 『햄릿』에서 햄릿과 호레이쇼의 돈독한 우정을 통해 이상적인 친구 관계를 보여주고 있습니다.

싸우게 되면

Beware

Of entrance to a quarrel; but being in,

Bear't that th' opposed may beware of thee.

Hamlet 1.3.65–67

싸움엔 일체 끼지 않도록 조심하되, 일단 끼게 될 때에는
상대방이 널 알아 모시도록 뜨끔하게 해주어야 한다.

「햄릿」 1막 3장 65–67행

『논어』의 「안연」편에 보면 시비를 가리는 소송 판결과 관련해 공자의 중요한 가르침 하나를 전하는 대목이 나옵니다. 즉, "시비곡직을 가리는 소송을 판결하는 일은 나도 남같이 할 수 있지만, 반드시 소송 자체가 없게 만들어야 한다"는 것입니다. 폴로니어스가 집 떠나는 아들에게 친구 관계의 중요성에 이어 당부하는 "싸우게 되면"은 시비에 휘말려 함부로 싸움판에 끼지 말 것과 일단 싸움을 하게 되면 상대방이 앞으로 감히 내 앞에서 섣불리 까불지 않도록 정신 차리게 해야 한다는 것이지요. 그러나 여기서 보다 중요한 것은 싸움을 잘 하거나 이기는 것이 아니라 싸움에 발을 들여놓지 않도록 조심하라는 것이며 더 나아가 우리는 공자의 가르침처럼 싸움 자체가 없도록 만들 수 있어야 합니다.

시비 판단

Give every man thine ear, but few thy voice;

Take each man's censure, but reserve thy judgment.

Hamlet 1.3.68–69

남의 이야기는 누구 할 것 없이 귀를 기울여 주되

이쪽 입을 좀체 열어서는 안 되고, 남의 의견은 들어주되

네 입으로 시비 판단하는 것은 삼가도록 해라.

「햄릿」 1막 3장 68–69행

"시비 판단"은 폴로니어스가 아들에게 해주는 네 번째 충고입니다. 좋은 사귐이 요청하는 근본 덕목은 남의 얘기를 잘 들어주는 것임을 말하고 있지요. 남의 얘기를 잘 들어준다는 것이 어느 정도 중요한 덕목인가는 우리 동양인이 지향하는 이상적인 인간상인 성인聖人의 "聖"자를 풀이解字해 보면 잘 알 수 있습니다. "성聖"자는 耳(귀)와 口(입)와 王(큰물)으로 이루어져 있습니다. 이는 성인이 갖추어야 할 기본 요건이 먼저 잘 듣고耳 그리고 나서 말해야 한다口는 것이지요. 이때 또 하나 중요한 것은 폴로니어스가 충고하듯이 남의 얘기를 잘 듣고 말을 하되 시비 판단을 삼가야 한다는 것입니다. 이 작품에서 햄릿의 절친한 친구 호레이쇼는 햄릿에게 그가 한 행위를 들을 때 어느 것이든 잘 들어주면서도 자신의 판단은 삼가는 자세를 보입니다.

　　셰익스피어가 즐겨 읽은 『성서』에 따르면 "판단을 받지 않으려면 판단하지 말라. 너희가 판단하는 그 판단으로 너희가 판단을 받을 것이요, 너희의 헤아리는 그 척도로 너희가 헤아림을 받을 것이라"(「마태복음」 7:1-2)며 시비 판단을 삼갈 것을 명합니다. 실제로 시비 판단이라는 것은 어느 입장에 서서 바라보느냐에 따르는 입장의 문제로 장자의 말대로 옳음是도 그 타당한 이유를 한없이 들이댈 수 있는 무궁無窮이요, 그름非 역시 적절한 이유를 끝없이 동원시킬 수 있는 무궁입니다. 나의 판단이 옳다고 할 때 그 판단이 그른 것이 될 수 있다는 전제 하에 옳음을 주장하는 열린 자세가 필요합니다.

의복

Costly thy habit as thy purse can buy,

But not expressed in fancy; rich, not gaudy,

For the apparel oft proclaims the man.

Hamlet 1.3.70–72

의복엔 주머니 사정이 허락하는 데까지 돈을 들이되

요란스러운 치장은 못 쓴다.

고급스럽되 야해서는 안 된다는 말이다.

의복이란 종종 인품을 드러내는 것이니까.

「햄릿」 1막 3장 70–72행

"시비 판단"에 이어 "의복"은 폴로니어스가 집 떠나는 아들에게 해주는 다섯 번째 충고입니다. 『성서』에 보면 예수가 다음과 같이 말합니다. "선한 사람은 마음에 쌓은 선한 보화에서 선한 것들을 내고, 악한 사람은 쌓은 악한 보화에서 악한 것들을 낸다"(「마태복음」12:35)고. 이 말씀은 사람의 입에서 나오는 말은 그 사람의 내적인 세계의 반영이라는 것을 뜻하며, 그러기에 셰익스피어가 인류에게 선사한 주옥 같은 작품은 당연히 그가 품고 있는 내적인 심미적인 세계를 언어로 담아 표출한 것이 됩니다.

　　마찬가지로, 의복이란 사람이 내적으로 축적시켜 온 아름다운 세계의 정도를 색과 질감, 그리고 스타일을 통해 가시적으로 드러내는 것이지요. 즉, 의복이란 한 사람의 심미적 수준을 표현하는 또 하나의 언어인 셈입니다. 사람의 인품을 가늠하는 척도가 도덕성에 있기도 하지만 그 도덕은 심미적인 멋으로 가는 과정일 뿐 궁극적으로 그의 인품이 발하는 향기는 심미적인 안목의 완성도에 따라 달라집니다.

셰익스피어가 사회에 진출하는 젊은이에게 주는 충고에서 의복의 문제를 빠뜨리지 않고 거론하며 사치스러운 치장은 못쓰되 사정이 허락하는 데까지 돈을 들이라는 것은 예의적인 덕목 못지않게 그러한 예禮를 넘어가는 심미적인 락樂의 세계를 지향할 줄 알아야 인품의 완성으로 가는 것임을 일깨우고자 함이지요. "의복"에 담고 있는 충고는 심미적인 감각은 교육적인 언설이나 설교로 커지는 것이 아니라 생활 속에서 스스로 공들인 투자와 꾸준히 몸에 축적시키는 노력 없이는 달성되지 않는다는 것을 함축하고 있습니다.

돈이란

Neither a borrower nor a lender be,

For loan oft loses both itself and friend,

And borrowing dulleth edge of husbandry.

Hamlet 1.3.75–77

남의 돈은 빌리지 말고 내 돈도 빌려 주지 마라.

돈이란 빌려 주면 돈과 친구를 함께 잃기 쉽고,

빌리기 시작하면 절약심이 무디어지느니라.

「햄릿」 1막 3장 75–77행

폴로니어스는 집을 떠나는 젊은 아들에게 돈에 대한 매우 현실적인 교육을 시키고 있습니다. "돈이란"은 폴로니어스가 아들에게 해주는 여섯 번째 충고입니다. 돈을 빌려 주지 말라는 것은 돈을 돌려받지 못해 잃는 것에 그치면 도난당한 것쯤으로 여기고 잊을 수 있는 것이나 자칫 그 돈과 함께 친구까지 잃게 된다는 것 때문입니다. 빌려 주지 아니함으로 인해 친구가 던지는 섭섭해 하는 원망이야 시간이 흐르면 치유되나 일단 친구를 잃고 나면 그 관계가 다시 회복되기 어려운 고통이 따릅니다. 돈으로 인한 친구의 상실은 나의 삶을 구축하고 있는 관계의 붕괴입니다. 더구나 젊은이가 돈을 빌리기 시작하면 절제와 절약의 습성이 정착되기도 전에 낭비심이 생겨서 남이 어렵게 모은 귀한 돈을 나의 편리를 위해 쉽게 생각하게 됩니다.

무엇보다도

This above all, to thine own self be true,
And it must follow, as the night the day,
Thou canst not then be false to any man.

Hamlet 1.3.78–80

요컨대 무엇보다도 네 자신에게 진실해라.
이 한 가지만 지키면 밤이 낮을 따르듯
남에게 거짓될 수 없을 것이니라.

「햄릿」 1막 3장 78–80행

우리가 보아 왔듯이, 셰익스피어는 폴로니어스의 입을 통해 집이라는 보금자리를 떠나 사회로 입문하는 젊은이들에게 첫째 언행을 조심하고, 둘째 친구를 잘 사귈 것이며, 셋째 싸움판엔 섣불리 끼지 말고, 넷째 남의 의견은 잘 들어주되 시비 판단은 삼가며, 다섯째 돈을 들여 의복을 제대로 갖추어 입고, 여섯째 돈을 빌리고 빌려줌을 삼가라는 매우 중요한 충고를 건넵니다.

이제 마지막으로 셰익스피어는 이 여섯 가지 충고를 하나로 아우르는 가장 중요한 덕목을 요청합니다. 그것은 "네 자신에게 진실하라"는 것이지요. 밤이 낮을 따르는 것이 자연의 "스스로 그러함自然"이듯이 우리가 우리 자신에게 진실하다는 것은 하늘이 나에게 명한 본성 즉 "스스로 그러함自然"을 성실히 따르는 것입니다. 셰익스피어가 우리에게 우리의 본성인 "스스로 그러함"에 진실하라는 요청이 중요한 것은 자신에게 진실함으로써 모두에게 진실할 수 있기 때문입니다. 혜능의 언어를 빌리면 "하나가 참되면 모두가 참되게 되는 것—眞一切眞"이지요.

　『햄릿』이라는 작품 전체의 주제를 압축시켜 놓았다 해도 과언이 아닌 "네 자신에게 진실하라"는 이 한 구절은 결국 자연과 인간의 "스스로 그러함"에 충실할 것을 일깨우는 메시지입니다. 클로디어스가 형인 왕을 시해하고 왕이 된 것이나 햄릿이 자신의 비밀을 알고 있다고 판단하고 햄릿을 제거하려는 것, 그리고 삼촌이 부왕을 살해했음을 알고 햄릿이 그에 대한 복수를 하고자하는 것 등의 행위는 "스스로 그러함"에 어긋난 행위인 것이지요. 우리는 이 극을 통해 비극은 바로 자연의 섭리인 "스스로 그러함"에 역행하는 행위들에서 비롯됨을 명료하게 인식하게 됩니다. 햄릿이 기나긴 고통과 고뇌의 과정을 통해 도달하는 우주와 인간에 대한 깨달음도 결국 햄릿이 자신의 입으로 말한 "렛비let be"라는 "스스로 그러함"으로 귀착됩니다.

Good Morning Shakespeare

5
인생은 걸어가는 그림자

인생은 걸어가는 그림자,
자기가 맡은 시간만은 무대 위에서 우쭐대고 안달하지만
그것이 지나면 잊혀지고 마는 가련한 연극배우.

섭리

There is special providence in the fall of a sparrow.
If it be now, 'tis not to come; if it be not to come, it will
be now; if it be not now, yet it will come. The readiness is all.
Since no man of aught he leaves knows, what is't to leave
betimes, let be.

Hamlet 5.2.221–224

참새 한 마리가 떨어지는 데도 특별한 섭리가 있는 법일세.
와야 할 때가 지금이라면 앞으로 오지 않을 것이요,
오지 않을 것이면 지금이 그때인 것이지. 때가 지금이 아니라면
때는 오기는 할 것이고. 늘 준비가 되어 있으면 되는 것일세.
어느 누구도 자신이 무엇을 남기고 떠나는지 모르는데
일찍 떠난들 어떻단 말인가? 스스로 그러한 대로 놔두게나.

「햄릿」 5막 2장 221-224행

『햄릿』의 마지막 장면은 궁정에서 햄릿과 오필리아의 오빠 레어티즈간의 검술 시합이 열리고 이 마지막 장면에서 햄릿, 레어티즈, 왕비 거투르드, 왕 클로디어스 모두 죽게 되는 비극으로 이 극은 대단원의 막을 내립니다. 자신이 선왕을 살해한 비밀을 햄릿이 눈치 챘다고 판단한 왕은 레어티즈와 공모하여 햄릿을 살해할 음모로 이 검술 시합을 개최한 것이지요. 햄릿을 죽이기 위해 레어티즈의 칼끝에 극약을 발라 놓고 햄릿이 갈증이 나서 마실 음료수엔 독약을 타놓아 반드시 죽게 해놓은 것이지요.

　　그런데 왕으로부터 이 검술 시합에 응해 줄 것을 요청하는 전갈을 받은 햄릿은 시합에 응하기로 하지만 왠지 예감이 좋지 않아 그러한 기분을 친구 호레이쇼에게 말합니다. 호레이쇼는 예감이 불길하면 자신이 가서 햄릿 왕자가 몸이 좋지 않다고 보고할 터이니 시합을 취소하고 나가지 말라고 만류합니다. 이때 햄릿이 하는 말이 "섭리"입니다.

햄릿이 지난한 고통과 고뇌를 통해 도달한 삶의 양식인 "렛비let be"는 자신에게 주어진 운명을 인위적으로 조작하거나 회피하는 것이 아니라 대자연의 스스로 그러한 섭리의 손에 맡기는 자세로 이는 바로 수동적인 자세만도 아니요 그렇다고 능동적인 자세만도 아닌 능동적인 수동 active passivity의 행위라 할 수 있지요. 노자의 용어를 빌리면 억지로 함이 없이 스스로 그러한 대로 성실히 살아가는 무위無爲의 자세인 것입니다. 우리는 햄릿이 궁극적으로 도달한 삶의 달관된 경지가 바로 노자의 "무위"였다는 사실에 경탄하며 우리도 삶의 패러다임을 억지로 만들어 가는 유위無爲적인 삶에서 스스로 그러한 무위적인 삶으로 근원적인 전환이 있어야 하겠습니다.

의지와 운명

Our wills and fates do so contrary run

That our devices still are overthrown;

Our thoughts are ours, their ends none of our own.

Hamlet 3.2.215–217

우리가 의도하는 바와 운명은 서로 반대로

가기 때문에 우리의 계획은 늘 뒤집혀지기 마련이오.

우리의 생각은 우리의 것이나, 일이 되고 아니 됨은

우리의 것이 아니라오.

「햄릿」 3막 2장 215–217행

"의지와 운명"은 햄릿이 왕 앞에서 공연시킨 "쥐덫"이라는 극중극에서 극중 왕이 극중 왕비에게 하는 말입니다. 극 전체를 통해 볼 때 이 극중 왕의 말은 햄릿이나 현재의 왕에게 일종의 예언적인 경고를 해주는 셈입니다. 햄릿의 복수 계획이나 왕의 햄릿 살해 계획 모두 자신들의 의도대로 되지 않으며 그들의 운명은 정반대가 될 수도 있다는 것을. 결국 둘 다 자신들의 의도와는 달리 죽음이라는 비극을 맞이하게 되지요.

천지간에는

There are more things in heaven and earth⋯
Than are dreamt of in our philosophy.

Hamlet 1.5.166–167

천지간에는 우리 인간의 철학으로는
꿈도 꾸지 못 할 일들이 수없이 많다네.

「햄릿」 1막 5장 166–167행

햄릿이 괴이하게 출현한 유령을 만난 직후 친구 호레이쇼가 햄릿에게 "오, 맙소사, 참으로 놀랍고 괴이한 일도 다 있습니다!"라며 놀라워하자, 이에 대해 햄릿이 응답해 준 말이 "천지간에는"입니다. 호레이쇼는 고도로 교육 받은 학자로서 논리적이고 이성적인 판단에 근거해 사는 인물입니다. 그에게 유령의 출현은 비존재가 존재로 나타난 것으로 세상에 대해 그가 인식해 온 질서의 파열인 것이지요.

유령은 '존재하는 비존재existent non-existence'로서 자연과 초자연, 알려진 것과 알려지지 않은 것, 살아 있는 것과 죽은 것 등의 이원적인 언어 개념으로는 결코 그 의미가 결정지어지지 않습니다. 즉, 비존재가 존재로 출현한 유령은 기존의 인식된 논리와는 다른 존재의 새로운 질서를 드러내 주는 것입니다. 그러기에 햄릿은 천지간에는 우리가 이성적인 판단으로는 헤아릴 수 없는 무수한 현상이 있다는 것이지요. 이성적 판단은 우주 현상의 지극히 일부만 이해하는 것이요, 이성적 질서 역시 우주의 무수한 관계가 얽혀 가는 질서 속에 아주 작은 일부분을 구획화시켜 판단한 것에 불과하지요.

시간의 영광

Time's glory is to calm contending kings,
To unmask falsehood and bring truth to light.

The Rape of Lucrece 939

시간의 영광은 서로 싸우고 있는 제왕들을 잠재우며
허위를 폭로해 진실을 밝히는 데 있나니.

「루크리스의 겁탈」 939행

셰익스피어의 장편시 「루크리스의 겁탈」은 각 연이 7행으로 된 연작시로 총 1855행에 이르는 설화시입니다. 내용은 다음과 같습니다. 옛 로마가 아데아를 포위 공격 중이던 어느 날 저녁 왕자 타아퀸의 군막에서 장교들이 연회 후 담소를 나누다가 각자 자기 부인의 정숙한 미덕을 찬양합니다. 이 유쾌한 기분에 젖어 일동은 비밀리에 로마로 돌아가 각자가 앞서 격찬한 부인의 미덕을 은밀히 시험 확인합니다. 그러나 늦은 밤에 오직 콜라타인의 부인 루크리스만이 시녀들과 함께 실을 잣고 있을 뿐 나머지 부인들은 모두 무도회에 가거나 각종 유희에 빠져 있었습니다. 타아퀸 일행은 콜라타인과 루크리스에게 승리와 영예를 부여하고 모두 군 진영으로 돌아옵니다. 그러나 그날 밤 루크리스에게 불 같은 욕정을 느낀 왕자 타아퀸은 몰래 혼자 있는 루크리스를 찾아가 위협과 폭력으로 그녀의 정조를 유린합니다. 루크리스는 수치심에 자살을 하지요. 이 사실을 알게 된 루크리스의 아버지와 남편 등이 분개하여 타아퀸의 비행을 세상에 알리고 그를 영원히 국외로 추방

할 것을 결의하면서 이 작품은 끝이 납니다.

 "시간의 영광"은 루크리스가 겁탈을 당한 뒤 독백조로 탄식하며 하는 말입니다. 그녀는 시간이란 찬란한 금탑을 먼지로써 때 묻히고 웅장한 건물을 파괴하는 파괴자destroyer로서 뿐만 아니라 동시에 거짓의 가면을 벗기고 진실을 드러내는 폭로자revealer가 되어 주어야 함을 호소하고 있습니다. 셰익스피어의 시나 극작품에서 시간은 파괴자이자 동시에 폭로자의 모습으로 나타납니다.

마음에 없는 말

My words fly up, my thoughts remain below:

Words without thoughts never to heaven go.

Hamlet 3.3.97–98

내가 하는 기도의 말은 하늘로 날아오르는데

나의 마음은 지상에 그대로 남아 있구나.

마음이 실리지 않은 말은

결코 하늘에 가 닿지를 못하는구나.

「햄릿」 3막 3장 97–98행

덴마크의 왕인 형이 정원에서 낮잠을 자고 있는 동안 아무도 모르게 귀에 독약을 넣어 살해하고 형수인 거트루드와 결혼한 클로디어스는 선왕을 시해한 장면과 유사한 전래 이야기 "쥐덫"을 보고 양심의 가책을 느낍니다. 그는 아무도 없는 궁궐의 복도에 혼자 꿇어 앉아 참회의 기도를 하지요.

"마음에 없는 말"은 클로디어스가 회개의 기도를 하나 결국 말과 마음이 겉도는 심정을 토로하는 탄식의 말입니다. 형을 살해한 죄는 카인이 동생 아벨을 죽인 인류 최초의 저주와 같은 것으로 죄의 깊이를 생각하면 아무리 기도를 드리고 싶어도 마음이 꺾이고 마는 것이지요. 그가 무도한 살인죄를 용서해 달라고 기도하기 어려운 것은 사람을 죽이고서 얻은 이득, 즉 왕관과 왕비 그리고 그의 야심을 여전히 간직하고 있기 때문입니다. 다시 말해, 죄지어 얻은 이득은 놓지 않고 용서만을 바라는 것은 가당치 않은 일임을 본인 스스로 잘 알고 있기 때문입니다.

인생은 걸어가는 그림자

Life's but a walking shadow, a poor player

That struts and frets his hour upon the stage

And then is heard no more. It is a tale

Told by an idiot, full of sound and fury

Signifying nothing.

Macbeth 5.5.24–28

인생은 걸어가는 그림자,

자기가 맡은 시간만은 무대 위에서 우쭐대고 안달하지만

그것이 지나면 잊혀지고 마는 가련한 연극 배우.

인생은 바보가 지껄이는 이야기,

시끄러운 소리와 광포로 가득하지만

결국 아무것도 의미하지 않는 이야기.

『맥베스』5막 5장 24-28행

반란군을 진압하고 승리한 자신을 축하해 주기 위해 방문한 던컨 왕을 시해하고 왕이 된 맥베스는 그 권좌를 유지하기 위해 끊임없이 걸림돌이 될 만한 사람들을 무차별로 살육합니다. 결국 그러한 피의 대가는 자신과 부인의 비극적인 죽음을 요구하지요. "인생은 걸어가는 그림자"는 맥베스가 자신에게 반기를 든 무리와 최후의 일전을 위해 자신의 던시내인 성을 나가기 직전 부인이 죽었다는 소식을 듣고 내뱉는 유명한 독백으로 셰익스피어의 작품에 나오는 독백 중 가장 많이 암송되어지고 있는 문구 중 하나입니다.

　　맥베스가 무도한 폭군임은 사실이나 그러면서도 비극적 영웅성을 지니며 우리 가슴에 다가오는 것은 위의 글에서 보듯이 눈앞에 닥친 극한 상황에서 자신을 비롯해 일체의 덧없는 무상함을 자각하고 자신을 "아무것도 아닌 것nothing"으로 무화시키는 실존적인 결단과 함께 이 땅에서의 생의 최후를 비겁과 저주가 아닌 용기와 위엄으로 맞이하는 데서 연유합니다. 지상에서의 삶의 그물망에선 인간은 그 누구도 결코 자유로울 수 없습니다. 인간이 이 지상에서 누릴 수 있는 최고의 자유와 해방감은 인생의 무상을 자각하고 느끼는 데서 오는 것이지요. 맥베스는 궁극적으로 자신을 무화시킬 수 있었기에 세속의 권력과 집착에서 해방되어 비극적인 영웅에게 요청되는 용기와 위엄으로 죽음을 맞게 됩니다.

악으로 시작된 일은

Things bad begun make strong themselves by ill.

Macbeth 3.2. 55

악으로 시작된 일은 악으로 자신을 강하게 만드는 법이다.

「맥베스」 3막 2장 55행

맥베스는 전쟁에서 승리하고 장군 뱅쿠어와 함께 돌아오는 길에 마녀 셋을 만나 예언을 듣게 됩니다. 첫째 마녀는 맥베스가 글래미스 영주라고, 둘째 마녀는 그가 코더 영주라고, 셋째 마녀는 그가 장차 왕이 될 것이라고 예언해 줍니다. 이때 곁에 있던 장군 뱅쿠어가 자신에게도 예언을 해줄 것을 요청합니다. 이에 대해 마녀들은 그가 왕이 되지는 못해도 자손 대대 왕을 낳으실 분이라고 예언해 줍니다. 이미 글래미스 영주인 맥베스는 성에 입성하기도 전에 전승의 보답으로 코더 영주로 임명한다는 왕의 전갈을 받자 예언의 두 가지가 맞았다며 성에 돌아가자 마자 자신을 방문한 덩컨 왕을 부인과 함께 공모하여 시해하고 시커먼 야망을 성취합니다. 그러나 왕의 자리에 앉았으되 뱅쿠어의 자손이 왕이 된다는 마녀의 예언에 불안해진 맥베스는 자객을 시켜 뱅쿠어와 그의 아들의 살해를 명합니다. 자신의 왕관과 왕홀을 결국 직계 후손이 아닌 뱅쿠어의 자손에게 빼앗기면 그것은 자신이 뱅쿠어의 자손을 위해 인자한 덩컨 왕을 시해한 셈이고 뱅쿠어의 씨를 왕으로 만들어 주기 위해 자신의 불멸의 보배인 영혼을 인류의 적인 악마의 손에 넘겨준 셈이니 이는 견딜 수 없는 것이지요.

"악으로 시작된 일은"은 왕 맥베스가 동료 장군이었던 밴쿠어를 살해하라고 자객을 보낸 다음 자신의 부인에게 밤에 가공할 일이 벌어지기로 되어 있으니 모르고 있다가 결과나 칭찬하라고 하면서 덧붙이는 말입니다. 악하게 시작한 일은 악으로 강하게 무장할 수밖에 없는 것이 악의 속성임을 악의 화신 맥베스가 잘 표현해 주는 것이지요. 그러나 악은 악으로 강하게 하지만 결국 악은 스스로 자신을 파멸시키는 법이지요Evil destroys itself. 셰익스피어는 비극 작품인 『맥베스』를 통해 이러한 악의 속성을 잘 극화시켜 놓았습니다.

마찬가지

These earthly godfathers of heaven's lights,

That give a name to every fixed star

Have no more profit of their shining nights

Than those that walk and wot not what they are.

Love's Labor's Lost 1.1.88–91

하늘에 붙어 있는 별들에게 이름을 붙여 주는

하늘의 광채를 연구하는 천문학자나

무슨 별인지도 모르며 걸어 다니는 사람이나

반짝이는 밤하늘의 혜택을 받기는 마찬가지라오.

「사랑의 헛수고」, 1막 1장 88–91행

나바르 왕국을 세계가 경탄해 마지않는 곳으로 만들기 위해 나바르 왕 퍼디난드는 세 명의 측근에게 자신과 함께 3년간 궁궐에 체류하면서 금욕 생활을 하고 학문에 정진하기로 맹세할 것을 요구합니다. 먼저 롱거빌은 겨우 3년간의 금욕이야 육체는 여위더라도 정신은 향연을 가질 것이며 배가 부르면 머리는 야위는 것이라면서 그 계획에 기꺼이 동참할 것을 맹세합니다. 그 다음 듀메인은 세속적인 쾌락은 세간의 속된 자들에게 던져 주고 연애며 부귀와는 절연하여 죽은 셈치고, 동료들과 더불어 학문 속에 살아 보기로 맹세합니다.

그런데 마지막 베룬이라는 자는 3년간 체류하며 학문을 하는 것엔 동조하나 1주일에 하루 단식하는 것, 밤에는 세 시간만 수면하는 것, 여자와 만나지 말라는 규약은 면하게 해달라고 청합니다. 이런 것들은 소득 없는 일이면서도 지키기는 무척 어려운 일이라고 주장하지요. 그는 왕에게 우리가 함께 고민해 보아야 할 본질적인 질문 하나를 던집니다. 도대체 학문은 무슨 목적 때문에 하자는 것이냐고. 왕은 배우지 못한 일들을 배우기 위해서라고 우리가 흔히 내리는 답과 다를 바 없이 대답합니다. 이 대답에 대해 베룬은 그렇다면 학문은 우리가 알고 있는 보통 상식으로부터 가려진 것을 얻겠다는 것인데 삶은 상식적으로 살면 충분하고 학문을 통해 얻는 거룩한 소득이래야 고생해서 고통을 얻는 것뿐이라고 일침을 가합니다. 즉, 진리의 빛을 찾으려고 기를 쓰고 책을 읽으나 결국은 배반을 당하여 시력을 잃고 마는 수가 있다는 것입니다. 빛이 빛을 찾다가 빛에 빛을 빼앗긴다는 것이지요.

그는 어둠 속에 빛이 있는지 찾고 있는 사이에 시력을 잃고 지혜의 빛은 깜깜해져 버린다고 하면서 이어 학문을 해 온 자들이 공감할 수밖에 없는 질문을 하나 더 던집니다. "학문은 하늘의 빛나는 태양과 같아서 미련하게 찾는다고 다 찾아지는 게 아닙니다. 끈기 있게 꾸준히 공부를 해봤자 남의 저서에서 천박한 지식밖에 뭘 얻겠습니까?" "마찬가지"는 이 질문 다음에 베룬 스스로 내리는 명쾌한 대답입니다. 학문의 목적에 대한 근원적이고 포괄적인 생각을 하게 하며 삶은 상식에 근거한 평범한 일상이 궁극이라는 중요한 인식을 제공합니다.

우는 이유

When we are born, we cry that we are come
To this great stage of fools.

King Lear 4.6.182–183

우리가 이 세상에 태어날 때 울어대는 것은 하필이면
바보 천치들로 득실대는 이 거대한 무대에 왔다고 해서
그런 것이지요.

「리어왕」 4막 6장 182–183행

우리에게 대붕大鵬의 자유로운 경지를 선사하는 『장자』의 「대종사」편에 보면 "하늘의 눈에 별 볼일 없는 소인은 인간의 눈엔 대단한 군자로 보이고, 하늘의 눈에 훌륭한 군자는 인간의 눈엔 시원찮은 소인으로 보인다天之小人 人之君子, 天之君子 人之小人也"는 말이 나옵니다. 이를 『성서』의 말로 옮겨 읽으면 "이 세상의 지혜는 하나님께서 보시기에 어리석은 것이라The wisdom of this world is foolishness with God"는 뜻이지요. 우리가 이 주제를 한 편의 드라마로 만들 경우 가장 완벽한 성공작은 아마 『리어왕』이 될 것입니다.

　　『리어왕』은 리어가 세 딸에게 영토를 분할해 주는 것으로 시작합니다. 왕통을 이을 아들이 없는 리어로서는 자신의 사후에 예견되는 영토 분쟁을 미리 막고 자신의 편안한 노후를 딸들에게 의탁코자 함이었지요. 그러나 영토를 분할해 주면 적어도 딸들이 감사해하고 자신의 노후를 편안히 보장해 주리라는 당연한 듯한 예견은 빗나가고, 셋째 딸을 추방한 뒤 첫째, 둘째 딸 집을 오가며 박대당하던 리어는 결국 광야에서 미치게 됩니다.

이것은 우리가 아무리 현명한 판단과 결정을 내렸다 하더라도 그것은 전적으로 잘못된 것으로 판명될 수 있다는 것을 말합니다. 즉, 세상은 우리가 예견하는 대로 진행되지 않는다는 것이지요. 리어는 자신이 알고 있는 바를 행하고 있다고 생각하나 사실인즉 알고 있지 못한 바를 행하고 있었던 것이지요. 리어는 결국 자신의 현명함을 믿고 내린 판단이 지극히 어리석음으로 내린 결정이었고 세상은 그런 바보들로 꽉 차 있는데 자신도 바로 그런 바보들 중의 하나였음을 자각하게 됩니다. "우는 이유"는 리어의 그와 같은 뼈아픈 자각을 전하는 것으로 『장자』와 『성서』의 지혜를 새삼 실감나게 해줍니다.

그대의 타고난 재능은

Thyself and thy belongings
Are not thine own so proper as to waste
Thyself upon thy virtues, they on thee.

Measure for Measure 1.1.29–31

그대와 그대의 타고난 재능은
자신만을 위해 그 미덕을 낭비해도 좋은
그대만의 전유물이 아니라네.

「자에는 자로」 1막 1장 29–31행

셰익스피어의 희극 『자에는 자로』는 "판단을 받지 아니하
려거든 판단하지 말라. 너희가 판단하는 그 판단으로 너희가 판단을 받
을 것이요 너희가 헤아리는 그 척도로 너희가 헤아림을 받을 것이다"
(「마태복음」 7:1-2)라는 말씀에서 제목과 주제를 설정하여 극화한 작품
입니다. 이 작품의 첫 장면은 비엔나의 공작 빈센티오가 성적으로 문란
해진 백성들을 엄한 법으로 다스려 사회의 도덕적 기강을 바로잡기 위
해, 학문과 금욕으로 단련된 안젤로라는 젊은이에게 공작의 막강한 일
체의 권력을 위임하며 대리공작으로 임명하는 것으로 시작합니다. 공
작이 이렇게 대리정치를 시행코자 하는 것은 자신의 통치 기간 동안 잠
재워 온 느슨해진 법을 본인 스스로 엄격히 적용할 경우 백성의 원망을
사게 되고 자신의 관대하고 좋은 이미지에 손상이 갈 것이기 때문입니
다. 빈센티오는 이를 피하기 위해 대리인에게 껄끄러운 업무를 맡기고
자신은 자리를 비우고 아무도 모르게 탁발승으로 변장한 다음 민심이
나 읽으러 다니려는 것이지요. 정치란 항상 자신의 권력 유지나 강화를

위해 희생양을 필요로 하는 것이지요.

"그대의 타고난 재능은"은 공작이 안젤로를 불러 놓고 자신이 자리를 비우는 동안 공작 자리를 대행해 줄 것을 명하면서 건네는 말입니다. 그는 횃불이 횃불 자체를 밝히기 위한 것이 아닌 것 같이 재능과 미덕이 타인을 돕는데 힘이 되지 않는다면 그것은 있어도 없는 것이나 다름이 없는 것이라고 설득합니다.

출세와 몰락

Some rise by sin, and some by virtue fall:
Some run from breaks of ice, and answer none;
And some condemned for a fault alone.

Measure for Measure 2.1.38-40

죄악으로 입신출세하는 사람이 있는가 하면
미덕으로 인해 몰락하는 사람도 있다.
수없는 죄악을 저지르고도 아무렇지 않게
빠져나가는 사람이 있고, 단 한 번의 과실 때문에
영구히 죄인이 되는 사람도 있다.

「자에는 자로」 2막 1장 38-40행

바로 앞의 글에서 소개한 희극 『자에는 자로』를 보면 공작의 전권을 위임 받아 대리통치를 시작한 안젤로는 그 즉시 일벌백계로 사회의 성적 문란을 바로잡고자 합니다. 그래서 애인에게 결혼 전에 임신을 시킨 것이 발각된 젊은 신사 클로디오에게 최고의 중벌로 즉각적인 사형을 선고하지요. 이에 대해 공작의 원로 신하로서 안젤로의 대리정치에 참여하고 있는 에스컬러스가 안젤로에게 권한대행이라 하더라도 때와 장소가 또는 장소와 욕망이 일치되어 욕정이 돌발하였을 때 그것을 억제 못하고 지는 경우에는 권한대행 역시 지금 그 사람에게 내려지는 죄목과 같은 일로 죄인이 되지 않는다고 못할 것이니 칼로 죽이는 것보다는 예리한 칼로 위협만 해두는 게 어떻겠느냐고 주청을 드립니다.

그러나 안젤로는 유혹을 당하는 것과 유혹에 빠져드는 일은 별개의 문제라면서 클로디오에게 선고를 내리는 자기가 실지로 같은 죄를 범

할 경우 이 재판의 예를 적용하여 가차 없이 자신을 사형에 처하라고 말합니다. 그러고 나서 고해 신부를 보내 참회를 하게 하고 다음날 아침 곧바로 사형에 처하라고 명합니다. 드린 주청이 거부되고 클로디오의 사형이 불가피함을 인식한 에스컬러스가 이때 혼자 착잡하여 방백으로 하는 말이 "출세와 몰락"입니다. 죄악으로 출세하는 사람도 있고 동일 한 죄를 범하는 수없는 사람들도 있건만, 단 한 번의 과실로 인해 사형에 처해지는 불운을 겪는 사람이 다름 아닌 신사 클로디오가 되는 데서 오는 안타까운 심정이 잘 묻어 있지요. 여기서 우리는 법 자체가 안고 있는 문제를 깨닫게 됩니다. 그것은 무릇 재판이라는 것은 발각되어 드러난 일만을 취급하는지라 도둑이 다른 사람을 도둑으로 선고한다 하더라도 법률은 그것을 개의치 않는 맹목성을 지닌다는 점입니다.

얻으려고 애쓰면서

Who seeks and will not take when once 'tis offered,
Shall never find it more.

Antony and Cleopatra 2.7.83–84

얻으려고 애쓰면서, 기회가 주어졌는데도 취하지 않으면
결코 두 번 다시 그것을 얻지 못한다.

「앤토니와 클레오파트라」 2막 7장 83–84행

『앤토니와 클레오파트라』는 줄리어스 시저가 부르터스 일당에게 시해된 이후 옥테이비어스 시저, 앤토니, 레피더스가 천하를 삼등분하여 통치하던 시기를 다루고 있습니다. 이 극을 보면 해상권을 장악하고 이탈리아를 위협하며 시저에게 도전하는 폼피와 로마의 삼두정치인 사이에 협상이 이루어지고 그날 그들 모두 폼피의 배 위에서 자축연을 벌이지요. 서로의 마음속엔 정적들을 제거하고 천하통일의 대권을 혼자 거머쥐고자 하는 야심을 품고 있지만 이때만큼은 이들 천하의 리더들은 술과 춤과 노래로 바쿠스적인 흥겨움을 한껏 즐깁니다. 한창 술자리가 고조되었을 때 폼피의 충복 메나스가 폼피를 잠깐 자리를 뜨게 하여 은밀히 제안합니다. 천하의 제왕이 되고 싶으면 지금 그렇게 해드릴 수 있으니 자기에게 명령만 내려 달라고. 자신이 그들 삼두정치인들 모르게 배를 정박시킨 닻줄을 끊어 배가 먼 바다로 어느 정도 떠가면 술도 취했겠다 군사들도 올 수 없겠다 자신이 그들의 목을 단칼에 베어 버리고 천하를 진상할 터이니 명령만 내리라고 말입니다.

이 말을 들은 폼피가 말합니다. "아, 그건 자네가 입 밖에 내지 말고 실행했어야 할 것이었네! 자네가 행하였으면 충성이 되었을 것이지만 나로선 비겁한 일일세. 실속을 차리는 것이 내 명예는 되지 못하네. 명예가 있고서 실속 아니겠나. 계획을 입 밖에 낸 것을 후회하게. 내가 모르게 했으면 잘했노라고 칭찬을 받았을 것이네만 지금은 옳지 않다고 말할 수밖에 없네. 그만두고 술이나 들게." 이 말을 남기고 폼피가 술자리로 돌아가자 메나스가 실망하며 혼자 중얼거리는 말이 "얻으려고 애쓰면서"입니다. 물론 폼피는 천하를 장악하지 못하고 역사 속에 사라집니다. 그러나 천하를 다스리는 리더가 되고자 한다면 얻으려고 애쓴 기회가 주어지면 취해야 하겠지만 그보다 중요한 것이 천하라는 "신령스러운 기물"을 얻는 일에는 적어도 명예를 소중히 여길 줄 알고 비겁하지 않은 정당한 과정을 거쳐 득할 줄 아는 폼피와 같은 자세가 필요하지요.

이익을 쫓아 일하는 사람

That sir, which serves and seeks for gain,

　　And follows but for form,

Will pack, when it begins to rain,

　　And leave thee in the storm.

King Lear 2.4.76–79

이익을 쫓아 일하는 사람,

겉치레로 따르는 사람,

비 오기 시작하면 보따리 싸들고

폭풍우 속에 당신 혼자 남겨 두고

달아난다오.

「리어왕」 2막 4장 76–79행

리어왕은 살아 있는 동안 세 딸들에게 유산을 상속한 어리석음으로 인해 그 대가를 비극적으로 치릅니다. 영국이라는 영토를 삼등분하여 딸들에게 분배하기로 했으나 자신의 우매함으로 인해 셋째 딸을 프랑스로 추방하고 시종 100명을 거느리고 영토와 재산을 분배해 준 두 딸의 집을 오가며 지내려 하지요. 그러나 첫째 딸이 시종을 50명으로 줄이지 않으면 모실 수 없다고 하자 화가 난 리어는 둘째 딸에게 갑니다. 둘째 딸은 한술 더 떠서 25명으로 줄일 것을 요구합니다. 결국 두 딸은 시종이 무슨 필요가 있느냐며 아예 한 명도 두지 말 것을 명령조로 요구하지요. 이에 분노한 리어는 결국 두 딸들의 집에 체류하는 것을 거부하고 광야로 뛰쳐나가 급기야 미쳐 버립니다.

리어가 시종을 반으로 줄이라는 첫째 딸 거너릴에게 저주를 퍼붓고는 둘째 딸 리건의 집에 왔을 때 리어의 심부름으로 이 집에 먼저 온 켄트가 리어의 딸과 사위에 의해 차꼬에 차여 있는 것을 보고 리어는 몹시 분개합니다. 이때 바보가 리어의 폐부를 통렬히 찌르는 한마디를 합니다. "아비가 누더기를 걸치면 자식은 모르는 척하지만, 아비가 돈주머니를 차고 있으면 자식들은 모두 다 효자지요. 운명의 여신은 틀림없는 매춘부, 돈 없는 사람에게는 문을 열어 주지 않는다오"라고. 리어가 분을 못 참고 따지러 딸의 집 안으로 들어가자 차꼬에 차여 있던 켄트가 어릿광대 바보에게 왜 왕이 이렇게 소수의 시종만 거느리고 왔느냐고 묻습니다. 이에 대한 바보의 대답이 "이익을 좇아 일하는 사람"입니다. 바보는 이 대답에 덧붙여 말하기를 "나는 남으리, 바보 광대는 남아 있으리. 똑똑한 놈이나 달아나라지. 못된 놈은 달아나면 바보가 되지만, 바보 광대는 결코 못된 놈은 아니지"라고. 이 극에서 운명이 등을 돌린 리어 곁에서 늘 변치 않고 함께 하는 인물은 바보 광대와 변장한 충신 켄트뿐입니다.

오늘은

We know what we are, but know not what we may be.

Hamlet 4.5.43

오늘은 이렇지만 내일이면 어떻게 될지 모르는 게 사람이지요.

「햄릿」 4막 5장 43행

햄릿이 사랑한 여인 오필리아는 그녀의 아버지 폴로니어스
가 햄릿에 의해 죽임을 당한 후 미쳐서 돌아다니다가 마침내 시냇물에
빠져 죽습니다. 하나밖에 없는 오빠는 프랑스로 떠난 지 오래고, 사랑
하던 왕자 햄릿은 까닭 없이 미친 행세를 하고, 급기야 아버지마저 사
랑하던 햄릿 왕자의 손에 죽임을 당하니 그 누구라도 오필리아의 입장
에 처하면 미치지 아니할 수 없는 상황이지요.

　　"오늘은"은 미쳐서 머리를 풀어헤치고 다니는 오필리아가 왕과 왕비
에게 가서 의미 모를 노래를 불러 주다가 잠깐 그치고 하는 말 중의 한
구절입니다. 이 극 전체를 놓고 보면 다분히 예언적인 언급이지요. 오
필리아가 한 말은 햄릿을 비롯해 이 극의 주요 등장인물의 운명을 한마
디로 잘 압축하여 표현하고 있으며, 왕과 왕비조차 이 말을 들은 지 얼
마 되지 않아 예기치 않았던 비운을 맞아 죽게 됩니다.

좋은 어울림

Good company, good wine, good welcome,
Can make good people.

Henry VIII 1.4.6-7

좋은 어울림, 좋은 술, 좋은 환대는
좋은 사람들이 되게 한다.

「헨리 8세」 1막 4장 6-7행

『헨리 8세』에 보면 1막이 끝날 무렵 요크 플레이스의 홀에 마련된 연회에 장차 헨리 8세의 새 왕비가 되는 앤 불린을 비롯해 여러 숙녀와 신사들이 초대되어 오고 이들에게 헨리 길퍼드가 주인을 대신하여 환영의 인사말을 합니다. "좋은 어울림"은 길퍼드의 바로 그 인사말의 끝 부분입니다. 그가 말한 대로 마음에 맞는 좋은 사람들이 모여서 좋은 술을 마시고 따뜻한 인사와 담소를 나누며 시간을 보내면 그 자리에 참석한 사람은 누구나 저절로 늘 함께 하고픈 좋은 사람들이 될 것입니다.

말을 한다는 것

A good moral, my lord: it is

not enough to speak, but to speak true.

A Midsummer Night's Dream 5.1.120–121

공작님, 좋은 교훈이 한 가지 있습니다. 말을 한다고
말이 되는 게 아니라 진실을 말하는 게 중요한 것입니다.

「한여름 밤의 꿈」 5막 1장 120–121행

『한여름 밤의 꿈』의 마지막 장면에 가면 궁정에서 공작을 포함한 세 쌍의 결혼을 축하하기 위해 여러 팀들이 연극 공연을 준비해서 대기합니다. 결국 연극의 '연' 자도 모르는 아테네의 무지렁이 장인 그룹이 준비한 "젊은 피라머스와 그의 연인 티스비와의 지루하고도 짧은 장면, 매우 비극적인 흥겨움"이 당선되어 공연을 시작합니다. 먼저 감독 겸 해설 역을 맡은 퀸스가 공작 일행 앞에 나가 긴 프롤로그를 늘어놓습니다. 그런데 워낙 무지렁이인지라 구두점이 마구 틀리면서 도무지 말이 되지를 않습니다. 공작이 "저 친구는 구두점이 마구 틀리는구먼"하고 한마디하자 곁에서 함께 관람하던 연인 중의 한 사람인 라이샌더가 멈추어야 할 곳에 멈추지 않으니 흡사 사나운 망아지를 몰고 가는 꼴 같다고 거들면서 덧붙이는 말이 "말을 한다는 것"입니다.

　라이샌더의 말은 두 가지로 해석됩니다. 우선 말이란 정확하고 조리에 맞게 해야 한다는 것이고 또 하나는 보다 중요한 것으로 진실이 담

기지 않은 포장된 수사나 웅변보다는 무지렁이 퀸스처럼 비록 구두점
은 틀리나 말이란 정직하고 진실되게 해야 한다는 것입니다. 이들 무지
렁이들처럼 진솔하고 정성껏 해서 아니 되는 경우 윗사람은 그 뜻만을
취하면 되는 것이지요.